LUCKY

UND DER WINTERWALD

EINE GESCHICHTE DIE MUT MACHT

ES IST ZEIT FÜR EINE GESCHICHTE

In Liebe an   Lucky
              Klausi
              den alten Knaben

LUCKY
UND DER WINTERWALD

EINE GESCHICHTE DIE MUT MACHT

Bibliografische Information der Deutschen National-bibliothek: Die Deutsche Nationalbibliothek verzeichnet diese Publikation in der Deutschen Nationalbibliografie; detaillierte bibliografische Daten sind im Internet über http://dnb.dnb.de abrufbar.

Verlag: BoD · Books on Demand GmbH, Überseering 33, 22297 Hamburg, bod@bod.de
Druck: Libri Plureos GmbH, Friedensallee 273, 22763 Hamburg
Illustrationen: Jennifer Franke

ISBN: 978-3-8192-7689-7

Da saß er nun, kauernd hinter dem Felsen. Verletzt und zitternd mit jeder Faser seines Körpers mit der Hoffnung, er würde es irgendwie überstehen. Sein Herz raste, und die Erinnerung an das Chaos, das ihn hierhergeführt hatte, war nur ein verschwommenes Bild.

Doch fangen wir von vorn an.

Es war einer dieser schönen Abende im Winter, an denen die Sonne durch die Baumwipfel schien und die Schneedecke in schimmerndes Licht tauchte. Die Welt war in ein sanftes, glitzerndes Weiß gehüllt, und die Luft war frisch und klar, erfüllt von der stillen Magie des Winters. Inmitten dieser frostigen Schönheit stand eine kleine Holzhütte, die wie ein warmes Herz in der Kälte strahlte.

In dieser rustikalen Hütte lebte der alte Knabe mit seinem Hund Lucky. Die alten Wände waren mit schönen Erinnerungen geschmückt, und der Duft von frischem Holz und gemütlichem Feuer lag in der Luft, während die Zeit draußen stillzustehen schien. Ein kleiner Rauchfaden stieg aus dem Schornstein empor. Es war ein Anblick, der den Betrachter sofort in eine Welt der Geborgenheit und des Friedens entführte.

Hier, wo die Wintersonne sanft über die schneebedeckten Felder strahlte, fand die Seele Ruhe, und die Welt schien in einem harmonischen Einklang zu verweilen.

Der alte Knabe, ein Mann mit beeindruckender Lebensgeschichte. Sein Gesicht war geprägt von den Zeichen der Zeit. Falten zogen sich sanft über seine Wangen und um die Augen, wo sich ein funkelndes Licht des Lebens widerspiegelte.

Die Augen, tief und weise, schienen Geschichten aus längst vergangenen Tagen zu erzählen. Sie waren Fenster zu einem reichen Leben, geprägt von Abenteuern, Verlusten und der unerschütterlichen Liebe zu seinem treuen Gefährten Lucky. Erinnerungen blitzen in diesen Augen auf — an sommerliche Tage voller Lachen, an stürmische Nächte, die sie gemeinsam durchgestanden haben, und an die unzähligen Momente der Zweisamkeit, die die beiden miteinander geteilt haben.

Trotz der eisigen Kälte des Winters trug er einen Strohhut, der ihm eine gewisse Unbeschwertheit verlieh. Der Hut, leicht verblichen von der Sonne, saß schief auf seinem Kopf und erzählte von warmen Tagen und fröhlichen Erinnerungen. Er war ein Symbol seiner Lebensfreude, die sich nicht von der Kälte des Winters dämpfen ließ. Sein Lächeln war sanft und freundlich, und es strahlte eine Wärme aus, die selbst die frostigsten Tage erhellen konnte. Der alte Knabe verkörperte eine Mischung aus Weisheit und Lebenslust.

Tagsüber wanderten sie durch den Wald und entdeckten gemeinsam die tollen Geheimnisse der Natur. Sie schnitzten kleine Figuren aus dem Holz der alten Bäume und sammelten Zapfen, die sie in einem bunten Korb nach Hause trugen.

Der alte Knabe lachte oft, während Lucky fröhlich um ihn herumtollte, die Schneeflocken mit seinen Pfoten aufwirbelnd.

Sie waren ein starkes, unzertrennliches Paar, und die Liebe zwischen ihnen war so tief, wie die festen Wurzeln der Bäume, die sie umgaben.

Die Tage vergingen in einem sanften Rhythmus. Die Hütte des alten Knaben und Lucky war ein Ort der Wärme und Geborgenheit, ein Rückzugsort, der sie vor der Kälte der Außenwelt schützte. In der Stille des Winters fanden sie Frieden, und die kleinen Freuden des Alltags wurden zu besonderen Momenten, die das Herz erfüllten.

An einem dieser schönen strahlenden Wintertage

beschloss der alte Knabe, einen Ausflug zu einem nahegelegenen See zu machen, der durch die Kälte zugefroren war. »Komm, Lucky! Lass uns den Zauber des Winters erkunden!«, rief er fröhlich, während er seinen langen, warmen Mantel überzog. Lucky sprang auf, seine Augen funkelten vor Aufregung, und er wedelte mit dem Schwanz, als sie sich auf den Weg machten.

Der Weg zum See führte durch einen verschneiten Wald, der in strahlendes Licht getaucht war. Die Äste der Bäume bogen sich unter der Last des Schnees, und die Luft war erfüllt von dem frischen Duft der Kiefernnadeln. Lucky tollte um den alten Knaben herum, sprang über die schneebedeckten Wurzeln und hinterließ kleine Pfotenabdrücke im glitzernden Weiß.

Als sie den See erreichten, bot sich ihnen ein atemberaubender Anblick.

Die Wasseroberfläche war wie ein einziger riesiger Spiegel, der den blauen Himmel und die umgebenden Bäume reflektierte. Der alte Knabe lächelte, als er die Schönheit des Anblicks genoss.

»Sieh nur, Lucky! Ist das nicht wundervoll?«

Lucky bellte vor Freude und lief an den Rand des

Sees, wo er vorsichtig über das Eis tapste.

Der alte Knabe holte einen kleinen Schlitten hervor, den er aus dem Schuppen mitgebracht hatte. »Lass uns eine Runde damit fahren!«, rief er und setzte sich auf den Schlitten. Lucky sprang aufgeregt neben ihn und bereitete sich darauf vor, die Fahrt zu genießen. Energisch schoben sie den Schlitten an und rasten über das glatte Eis. Der Wind blies ihnen ins Gesicht, und das Lachen des alten Knaben hallte über den See.

Nach mehreren Runden voller Spaß und Spiel machten sie eine kurze Pause und setzten sich auf eine kleine Bank, die malerisch am Ufer des Sees stand. Der alte Knabe holte ein paar Kekse hervor, die er zuvor gebacken hatte, und teilte sie mit Lucky, der gebannt zusah, während sein Herrchen die Leckereien aus der Tasche zog.

»Hier, mein Freund, etwas für dich!«, sagte der alte Knabe und warf Lucky einen Keks zu. Lucky schnappte ihn mit einem freudigen Bellen und knabberte glücklich daran.

Die Zeit verging wie im Flug, und als sie schließlich zurück zur Hütte gingen, war der Himmel bereits in warmen Rot- und Orangetöne getaucht.

Die Sonne verabschiedete sich hinter den Bäumen und die ersten Sterne begannen zu funkeln.

»Es war ein schöner Tag, nicht wahr, Lucky?«, sprach der alte Knabe mit einem Lächeln. Lucky wedelte mit dem Schwanz und sprang um ihn herum, als wollte er sagen, dass es der beste Tag aller Zeiten war.

Abends, wenn die Dunkelheit über den Wald hereinbrach und der Himmel mit Sternen übersät war, waren sie oft vor dem knisternden Kamin.

Eingekuschelt saß der alte Knabe, in einer warmen Decke, in seinem urigen Sessel, der aus grobem Holz gefertigt und mit einem weichen, abgewetzten Stoff bezogen war. Die Kanten waren abgerundet, als hätte er unzählige Stunden darin verbracht, und der Sessel schien die Form seines Körpers perfekt angenommen zu haben. Lucky lag auf einem flauschigen Teppich, der das Holz des Bodens vor der Kälte schützte, und lauschte dem beruhigenden Knistern des Feuers, während die Wärme sein Fell durchdrang.

Die Flammen tanzten fröhlich im Kamin und warfen lebhafte Schatten an die Wände, welche die Hütte in ein warmes, einladendes Licht tauchten.

Der alte Knabe schloss für einen Moment die Augen und ließ sich von der behaglichen Atmosphäre umhüllen. Die Gedanken schweiften zu den Erinnerungen, die ihn wie ein sanfter Wind umgaben – an vergangene Abenteuer, an fröhliche Feste und an die unzähligen Geschichten, die er Lucky erzählt hatte.

»Weißt du, mein treuer Freund«, begann er mit einer Stimme, die so warm war wie das Feuer selbst, »es sind die kleinen Dinge im Leben, die uns die größte Freude bringen. Ein einfacher Abend wie dieser, umgeben von der Stille des Waldes und dem Glühen der Flammen, ist ein Geschenk, das wir oft übersehen.« Lucky blickte auf, als hätte er jedes Wort verstanden und wedelte mit dem Schwanz, als wollte er zustimmen.

Der alte Knabe griff nach dem kleinen Holzgestell neben seinem Sessel, auf dem ein paar sorgfältig gefaltete Notizblätter und ein alter Füllfederhalter lagen.

Er begann, einige Gedanken und Geschichten niederzuschreiben, die ihm in den Sinn kamen.

Anekdoten aus seinem Leben, die er mit Lucky teilen wollte. Es war eine Art Ritual, das ihn mit der Vergangenheit verband und gleichzeitig das Hier und Jetzt feierte.

Draußen blies der Wind sanft durch die Bäume, und die Sterne funkelten wie kleine Diamanten am Himmel. Der alte Knabe fühlte sich geborgen, während er die Worte fließen ließ, und Lucky, der treue Begleiter, brummte leise wohlwollend vor sich hin. In dieser harmonischen Stille, umgeben von der Schönheit der Natur und dem Zauber des Augenblicks, war alles perfekt – der Winter, das Feuer, die Freundschaft. Es war ein Leben voller Wärme, das selbst die kältesten Nächte erhellte.

Doch in dieser Idylle schwebte stets ein Schatten.

Der alte Knabe war ein Schlafwandler, und oft geschah es, dass er in der Nacht aufstand und ohne ein Geräusch aus der Hütte schlüpfte. Lucky hatte ihn schon oft im Wald gefunden, wie er in einem Traum gefangen durch die verschneiten Pfade schritt. Sein Herz hatte bei jedem dieser Male für einen Moment stillgestanden.

Eines Nachts, als der leuchtende Mond hoch am Himmel stand und die Welt in ein silbernes Licht tauchte, öffnete Lucky seine Augen und spürte sofort die Abwesenheit seines geliebten Freundes. Der alte Knabe war nicht da. Ein kaltes Gefühl der Angst schnürte ihm die Brust zu. Ohne einen Moment zu zögern, sprang er auf und rannte hinaus, von Kälte umgeben, während er durch die Dunkelheit schnüffelte und suchte, wo er nur konnte.

Doch diese Nacht war irgendwie anders. Die vertrauten Gerüche waren verworfen, und das Echo der Stille schien ihn zu verspotten. Lucky lief und lief, sein Herzschlag dröhnte in seinen Ohren, doch der alte Knabe blieb verschwunden, und die Finsternis des Waldes schien sich um ihn zu schließen, während er in die Nacht hineinrief, voller Hoffnung und Angst.

Die Stunden verstrichen und mit jeder Minute, die verging, wuchs Luckys Angst. Der Mond, der einst ein sanfter Lichtspender gewesen war, schien nun wie ein kalter, unerbittlicher Beobachter, der die Einsamkeit des kleinen Hundes verstärkte.

Die vertrauten Geräusche des Waldes und das gelegentliche Knacken der Äste, waren durch eine unheimliche Stille ersetzt worden, die Lucky das Gefühl gab, als würde die Welt um ihn herum erstarren.

Lucky, der treue Begleiter, durchstreifte die vertrauten Orte, an denen ihre Seelen einst harmonisch miteinander tanzten. Überall suchte er verzweifelt den alten Knaben. Die Höhle, ein stiller Zeuge ihrer gemeinsamen Abenteuer, wo das Flattern der Fledermäuse ihr Lachen begleitete, blieb nun leer und verhallt. Auf dem Berg, wo der Blick über die schimmernde Stadt ging, suchte er nach dem Echo der Stimme im Wind, nach dem Hauch seiner Nähe. Mit jedem Schritt zum gefrorenen See, wo die Freude des Schlittenfahrens noch in der kühlen Luft schwebte, blühte in ihm die Hoffnung.

Leider vergebens.

Er rannte weiter. Seine kleinen Pfoten gruben sich tief in den frischen Schnee, und sein Atem bildete kleine Wölkchen in der kalten Nachtluft. Lucky schnüffelte an jedem Baumstamm und jeder Schneeverwehung, als hoffte er, den vertrauten Geruch seines Freundes zu finden. Doch alles, was er wahrnahm, war die Kälte und die unheimliche Dunkelheit, die ihn umgab. Die Schatten schienen sich zusammenzuziehen, und die Äste der Bäume wirkten wie knorrige Finger, die nach ihm griffen.

»Wo bist du?«, rief er in die Nacht, seine Stimme wirkte klein und verloren. Doch die Antwort war nur der Klang seiner eigenen Worte, der zwischen den Bäumen verhallte, als ob der Wald ihn verhöhnen wollte. Lucky fühlte, wie die Kälte nicht nur seinen Körper, sondern auch sein Herz durchdrang.

Erinnerungen an die warmen Abende vor dem Kamin, an die Geschichten des alten Knaben, die sie zusammen gehört hatten, überfluteten ihn. Diese Gedanken waren sein einziger Halt in der Dunkelheit.

Die Stunden zogen sich wie Tage. Lucky begann vor einer Weile nach dem alten Knaben zu suchen, ohne zu wissen, wie weit er bereits in den Wald vorgedrungen war. Jeder Schritt schien schwerer zu werden und die Kälte schien ihm die Kraft zu rauben. Er wollte einfach nur mit dem alten Knaben in die Hütte zurück. Zurück an den Ort, wo die Wärme und Sicherheit waren.

Wie weit war er bereits gekommen? Wo war der alte Knabe?

Plötzlich hörte Lucky ein komisches Geräusch, ein

sanftes Rascheln, das durch die Stille schnitt. Sein Herz schlug schneller und er hielt inne, die Ohren gespitzt.

War es der alte Knabe? Hatte er ihn gefunden? Er rannte in die Richtung des Geräusches, seine Hoffnung neu entfacht. Doch was er fand, war nur der Wind, der durch die Äste pfiff und den Schnee aufwirbelte. Die Enttäuschung saß tief und Lucky sank für einen Moment in den Schnee, die Kraft ließ nach, während die Kälte und die Einsamkeit über ihn hereinbrachen.

Der Mond hatte seinen Höhepunkt überschritten und war zu einer blassen Scheibe am Himmel geworden. Lucky fühlte sich verloren in einer Welt, die ihm einst so vertraut gewesen war.

Die Kälte nagte an ihm, und sein Fell war von Schnee und Nässe durchtränkt.

Er fand kleine Futterstellen, aber die Freude über das Finden von Beeren oder gefrorenen Wurzeln wurde immer wieder von der schmerzlichen Erinnerung an den alten Knaben überschattet. Jeder Bissen hatte einen bitteren Nachgeschmack, denn es war nicht die Mahlzeit, die er sich wünschte.

Die Tage vergingen. Doch die Nächte waren am

schlimmsten. Der Wald verwandelte sich in einen Ort voller Gespenster und Düsternis.

Lucky fühlte sich wie ein Fremder in seiner eigenen Heimat. Die Geräusche der Nacht wurden zu einem unheimlichen Konzert: das Heulen des Windes, das Knacken der Äste und das Rascheln von Tieren, die sich vor der Kälte schützten. Er schloss die Augen und versuchte wieder, sich an die Geschichten des alten Knaben zu erinnern, die ihm stets Trost gespendet hatten. Doch der Gedanke daran ließ ihn nur noch einsamer fühlen.

Eines Nachmittags, als der Himmel in dunkle Grautöne getaucht war blieb er plötzlich stehen, als er ein unheimliches Geräusch hörte – ein tiefes, grollendes Grunzen, das aus dem Dickicht kam. Sein Herz begann schneller zu schlagen und die Haare auf seinem Rücken sträubten sich. Lucky wusste, dass er nicht allein war. Er duckte sich hinter einen Baum, seine Achtsamkeit erhöht, während das Geräusch näher kam.

Etwas bewegte sich zwischen den Bäumen, und Lucky konnte einen Blick auf die Silhouette erhaschen – ein großer, angsteinflößender Braunbär mit schimmerndem dunkelbraunen Fell und großßen, gierigen, glühenden Augen. Der Bär schnüffelte in der Luft, und Lucky spürte, wie die Furcht ihn überkam.

Er war nicht bereit, sich einem solchen Feind zu stellen. Mit einem flüchtigen, schnellen Blick über die Schulter entschied er, dass es nun Zeit war, sich zurückzuziehen.

Doch der Wald war ein Labyrinth aus Schatten und Geräuschen, und Lucky fand sich bald in einem unbekannten Teil des Waldes wieder. Die Fichten und Tannen schienen sich zu verdichten, und das Licht verschwand allmählich. Er lief weiter, den Puls fühlend am ganzen Leib, während die Dunkelheit ihn umschloss. Plötzlich fiel er über eine Wurzel und rollte den Hang hinunter, bis er in einem kleinen, kalten Bachbett landete, das von unheimlichem Nebel umgeben war.

Doch Lucky rappelte sich auf und schüttelte den Schmutz und Schnee von seinem Fell. Aber etwas fühlte sich nicht richtig an.

Der Nebel um ihn herum schien lebendig zu werden, und er hörte wispernde Stimmen, die seinen Namen riefen. »Lucky… Lucky!« Es war eine Mischung aus Vertrautheit und Furcht.

Er konnte nicht erkennen, woher die Stimmen kamen.

So rannte Lucky weiter, ohne auf die Geräusche zu achten, und stieß schließlich auf eine verfallene Hütte, die von der Natur zurückerobert worden war. Die Fenster waren zerbrochen, und die Tür hing schief in den Angeln. Neugierig, aber auch verängstigt, näherte sich Lucky der Hütte.

Als er eintrat, knarrte das Holz unter seinen Pfoten, und ein Schauer lief ihm über den Rücken. Im Inneren fand er alte, verstaubte Möbel und vergilbte Bilder, die an den Wänden hingen. Eines der Bilder zeigte einen Jungen, der mit einem Hund spielte – und für einen kurzen Moment dachte Lucky an den alten Knaben.

Doch dann hörte er wieder das Grunzen des Bären, und die Erinnerung wurde von der Realität verdrängt. Er musste hier weg, bevor es zu spät war! Mit einem letzten Blick auf das Bild rannte Lucky aus der Hütte und in die Dunkelheit des Waldes.

Das Grauen schien ihn zu umhüllen, und die ungewissen Schatten der Bäume wurden immer bedrohlicher. Es fühlte sich an, als würde der Wald selbst ihn verschlingen, während er weiter lief, ohne zu wissen, wohin er ging.

Die Nacht brach herein, und Lucky fand sich an einem steilen Abhang wieder. Er zögerte einen Moment, bevor er den Abstieg wagte. Der Boden war glitschig und instabil, und er rutschte mehrmals aus, bevor er schließlich sicher unten ankam. Doch als er sich umdrehte, war er allein. Der Nebel hatte sich verdichtet und die Geräusche der Nacht übertönten seine Gedanken.

Vielleicht war der Bär auch freundlich gesinnt, wer weiß. Doch Lucky hatte das Vertrauen in die Umwelt verloren und sah in Allem eine Gefahr.

Angst schnürte ihm die Kehle zu und er setzte sich auf den kalten Boden, um zu verschnaufen. Er wusste, dass er nicht aufgeben durfte, dass er weiter nach dem alten Knaben suchen musste. Doch in diesem Moment fühlte er sich wie der letzte Überlebende in einem riesigen, leeren Wald, umgeben von gruseliger Düsternis und bedrohlicher Dunkelheit.

Was war nur geschehen?

Lucky, einst ein leuchtender Sonnenstrahl, war plötzlich in Schatten gehüllt. Die Freude, die ihn einst begleitete, war wie ein flüchtiger Traum verschwunden und Unsicherheit hat sich in sein Herz geschlichen. Seine kleinen Augen, tiefgründig und voller Emotionen, spiegelten die Welt wider.

Die Erinnerungen an unbeschwerte Tage, an fröhliches Spielen im Garten und an die liebevollen Streicheleinheiten des alten weisen Knaben schienen in den Hintergrund getreten zu sein, während die Kälte der Einsamkeit und der Verlust ihn umhüllten.

Wo einst die Neugier ihn antrieb, fühlte er nun eine lähmende Unsicherheit, die ihn daran hinderte, die Welt um sich herum zu erkunden.

Jeder Schritt erschien ihm wie ein Wagnis und die vertrauten Geräusche, die ihn früher beruhigten, klangen jetzt wie bedrohliche Vorboten.

Das leise Rascheln im Unterholz ließ sein Herz immer schneller schlagen, als wäre die Stille ein feindlicher Beobachter.

Er hatte sein Zuhause verloren, das einstige, geliebte Paradies. Und nun wanderte er allein durch die endlose, weiße Winterlandschaft, die wie ein unendliches Meer aus Kälte und tiefer Einsamkeit erschien.

Die Schneeflocken tanzten im sanften Licht des Mondes, funkelnd wie kleine Diamanten, die den Boden küssten und einen glitzernden Teppich aus Reinheit und Vergänglichkeit schufen. Vorsichtig setzte er seine Pfoten in den tiefen Schnee, als wäre jeder Schritt eine Entdeckung in einer unbekannten Welt, die voller Gefahren und Wunder steckte.

Die Tannen, in ihr winterliches Kleid gehüllt, stumm und unerschütterlich, ihre Äste schwer von der Last des Schnees. Doch in diesem Moment fühlte sich Lucky klein und verloren, ein einsamer Wanderer in einer frostigen Stille, die nur von seinem leisen Atem und dem Knirschen des Schnees unter seinen Pfoten durchbrochen wurde.

Die Kälte schnitt durch sein Fell, und der Wind, der durch die kahlen Äste pfiff, schien ihm Geschichten von Vergänglichkeit und Verlust zuzuflüstern. Er sehnte sich nach der Wärme eines Feuers, nach dem vertrauten Duft von Geborgenheit, der ihn einst umhüllt hatte, als er mit dem Menschen, der ihn liebte, an einem warmen Ort lag.

Diese Erinnerungen waren nun wie flüchtige Schatten, die ihm in der Dunkelheit entglitten und je mehr er sich nach ihnen sehnte, desto weiter schienen sie entfernt.

Inmitten dieser frostigen Stille, umgeben von einer Welt, die ihm sowohl Wunder als auch Schrecken bot, spürte Lucky, dass er nicht nur nach einem physischen Ort suchte, sondern auch nach einem Gefühl — einem Gefühl der Zugehörigkeit, der Liebe und des Schutzes.

Und während die Nacht sich über die Landschaft legte, wusste er, dass er die Hoffnung nicht aufgeben durfte. Denn irgendwo da draußen, im Herzen der Kälte, wartete vielleicht ein neuer Anfang auf ihn, eine Chance, die Wärme erneut zu finden und die Einsamkeit hinter sich zu lassen.

Ein Hoffnungsschimmer

Während Lucky sich schüchtern durch die Winterlandschaft bewegte, wurde die Stille um ihn herum immer tiefer und geheimnisvoller. Der Wind flüsterte leise durch die kahlen Äste der Eichen.

Da fiel sein Blick auf etwas Ungewöhnliches: Ein riesiger Baum erhob sich majestätisch aus der weißen Decke, seine Wurzeln schienen fest mit der Erde verwoben. Während seine Äste sich sanft hin und her wiegten, umarmten sie die vereinzelten Blätter, die mutig dem kalten Winter trotzten. Er war der einzige Baum in diesem frostigen Wald, der noch das Leben in seinen Zweigen bewahrte.

Mit Vorsicht näherte sich Lucky langsam diesem ehrwürdigen Wesen. Die Rinde war von tiefen Rillen durchzogen, der Stamm so mächtig, dass Lucky ihn kaum umarmen konnte. In diesem sonderbaren Moment entdeckte er ein verborgenes Loch im Stamm, einladend und geheimnisvoll. Ängstlich streckte er dort seine Pfoten hinein und wagte aber trotzdem den Sprung ins Innere.

Dort umhüllte ihn eine sanfte Stille, und in seinem Herzen breitete sich eine wohltuende Ruhe aus. Lucky fühlte sich erstmals wieder sicher und er versank in einem tiefen, friedlichen Schlaf.

Frisch gestärkt durch die kurze Rast im Herzen des Baumes, traute er sich frohen Mutes wieder hervor aus dem Loch. Er suchte sich einen Platz zwischen den großen, schneebedeckten Wurzeln und blickte hinauf zum Baum.

»Wer bist du?«, sprach Lucky ehrfürchtig. Eine tiefe, sanfte Stimme hallte durch den Wald. »Ich bin der alte Baumwächter«, antwortete der Baum. »Ich habe viele Winter erlebt und unzählige Kreaturen kommen und gehen sehen.«

Lucky war überrascht. Ein sprechender Baum war ihm bisher unbekannt. »Warum bist du so alt?«, fragte er neugierig.

»Weil ich die tiefen Wurzeln des Waldes bin«, erwiderte der Baum. »Ich habe die Geschichten der Tiere gehört, die Lieder der Vögel und das Rauschen des Windes. In den Wurzeln der Erde verwoben, atme ich die Seele des Natur.«

Der Baum flüsterte Lucky die Chroniken des Waldes zu, erzählte von den Geschöpfen, die in seinem Schatten lebten, und von den ewigen Tänzen der Jahreszeiten, die sich wie ein sanftes Lied wiederholten. Fasziniert lauschte Lucky und fühlte sich mit diesem alten Wesen verbunden, das so viel Weisheit und Erfahrung in sich trug.

»Ich bin allein«, gestand Lucky traurig. »Ich habe mein Zuhause verloren und weiß nicht wohin.«

Der Baum senkte einen knorrigen Ast, schwer von der Zeit, sanft auf Luckys Haupt. »Jeder gehört irgendwohin«, sprach er mit sanfter Stimme. »Der Wald ist eine Heimat für alle, die ihn respektieren. Du musst nur lernen, deinen Platz zu finden.«

Der Baum gab Lucky viele kluge Ratschläge. Er erzählte aber auch von einer Finsternis, die den Wald heimsuchte. Und er lehrte ihn, sich im Wald zurechtzufinden und sich vor Gefahren gut zu schützen. Zusätzlich berichtete er von verschiedenen Tieren, die im Wald lebten.

Am Ende ihres Gesprächs sprach der Baum zu Lucky: »Du bist willkommen. Der Wald ist dein Zuhause, wenn du es zulässt. Du bist ein Teil von ihm und er ist ein Teil von dir.«

Mit einem Herzen voller Hoffnung und Zuversicht trat Lucky entschlossen aus dem Schatten des alten Baumes. Es war, als hätten die langen Wurzeln des Waldes ihm Flügel verliehen. Er wusste jetzt, dass er nicht allein war. Der Wald war nun sein Zuhause, und er war entschlossen, seinen Platz darin zu finden.

Gestärkt durch die ermutigenden Worte, traute sich Lucky tiefer in den verschneiten Wald. Die

Erinnerungen an die Wärme des Baums und seine tröstenden Worte gaben ihm Kraft. Die einst bedrohlich wirkende Stille des Waldes war nun erfüllt von einer geheimnisvollen Schönheit. Jeder Schneefall war ein glitzerndes Märchen, jeder Baum ein stiller Wächter.

Die Spuren im Schnee, die er selbst hinterließ, waren seine Geschichten, die er in der weißen Leinwand des Winters schrieb.

Zu späterer Zeit fand sich Lucky in einem dichten Nebel verloren, während leise Schneeflocken tanzend vom Himmel fielen und die Landschaft in ein sanftes, glitzerndes Geheimnis hüllten. Die Sicht war kaum mehr als ein flüchtiger Traum. Der Wind heulte durch die Nadelbäume, als wäre er das einsame Geschöpf der Nacht, das seine Klage in die Stille sang. Angst schlich sich wie ein schattenhaftes Wesen in sein Herz.

Lucky atmete tief ein und lange aus. Somit beruhigte er sich wieder und spürte die Kraft der Natur in sich. Er schloss die Augen, ließ sich von der Stille umarmen und konzentrierte sich auf seinen Geruchssinn. Mit jedem Atemzug nahm er die vertrauten Düfte des Waldes wahr: das Harz der

Kiefern, das frische Aroma des feuchten Mooses und die erdige Umarmung des Bodens, die im frostigen Winterhauch lebendig wurde.

Plötzlich durchbrach ein leises Knacken die Stille, ein zarter Klang, der wie ein heimliches Geheimnis in die frostige Luft huschte. Sein Herz begann schneller zu schlagen, als ob es den Rhythmus der Natur selbst spüren wollte. War es ein anderes Wesen, das sich heimlich näherte? Oder nur ein einfacher Ast, der unter dem Gewicht des schimmernden Schnees zerbrach?

Vorsichtig setzte er einen Fuß vor den anderen, seine Wachsamkeit erhöht wie der scharfe Blick eines Raubvogels. Und dann erblickte er es: einen großen, dunklen Schatten, der sich langsam und geheimnisvoll durch die Nacht bewegte. Angst und Neugier kämpften in ihm, wie zwei stürmische Wellen, die unablässig an die Küste seiner Gedanken brandeten.

Mit einem tiefen Atemzug, der die Seele durchdrang, erinnerte er sich an die Stärke, die der alte Baum ihm geschenkt hatte.

Einsamkeit war vergangen, und in seinem Herzen wusste er: Er war verbunden mit diesem Wald, ein

Teil seiner geheimen Melodie. So schritt er dem Schatten entgegen, als wäre er auf dem Pfad zu seiner eigenen Bestimmung.

Ein mächtiger Fels, halb im Schnee verborgen, thronte vor ihm. Doch für Lucky war es mehr als nur ein Stein – ein großes Hindernis, das es zu überwältigen galt. Mit einem mutigen Sprung und kratzenden Pfoten kämpfte er sich empor, bis er schließlich den Gipfel des Felsens erreichte. Als er sich umdrehte und auf den besiegten Brocken blickte, durchflutete ihn ein Stolz, den er nie zuvor gekannt hatte. Er hatte seine Furcht bezwungen und eine neue Herausforderung triumphierend gemeistert.

Anschließend legte er sich nieder in den warmen Schoß eines weiteren schützenden Wächters, umhüllt von vollkommenem Frieden, von sanften und wohltuenden Träumen gesäumt. Die Augen schlossen sich, und die Welt verblasste, während die Nacht ihre schützende Decke über ihn breitete.

Als die ersten Strahlen der Morgenröte Lucky sanft weckten, verließ er die Höhle, die ihm Geborgenheit bot und trat ruhig hinaus in ein Meer von weißem Glanz, wo der Schnee wie ein unberührter Teppich die Erde umhüllte.

Der Tag brach an, und mit ihm die Versprechen neuer Abenteuer, welche in der frischen Luft schwebten, ein zartes Flüstern der Möglichkeiten, die nur darauf warteten, entdeckt zu werden.

Der Wald schien ihn mit jedem Schritt mehr zu umarmen, doch in seinem Herzen blieb eine leise Melancholie. Die Erinnerungen an seinen verlorenen Besitzer schwebten wie die Düsternis über ihm, und seine Gedanken waren ein sanfter Sturm, der in der Brust tobte.

Bald fand er sich unerwartet an einem glitzernden Bach wieder, dessen Wasser spritzig, klar und lebendig war. Es plätscherte fröhlich über die glatten Steine, und die spiegelnde Oberfläche des Wassers schien das Licht der Sonne in tausend funkelnde Sterne zu zerbrechen. Lucky blieb stehen und blickte nachdenklich hinein. Das Bild, welches ihm begegnete, war ein trauriger Hund mit einem Herzen, das nach Wärme, Sicherheit und Liebe suchte.

Er sehnte sich nach der Zuneigung, die er einst gekannt hatte, nach den sanften Händen, die ihn streichelten und nach der fröhlichen Stimme, die ihn rief.

In diesem Moment der Wehmut bemerkte er eine Bewegung am Himmel. Ein wunderschöner Vogel schwebte sanft heran, seine Flügel leuchteten in schillernden Blau- und Weißtönen, als ob er das strahlende Licht selbst eingefangen hätte. Die Federn schimmerten wie der Himmel an einem klaren Tag, und die sanften Kurven seines Körpers waren eine Symphonie der Leichtigkeit. Der Vogel flog elegant über den Bach und ließ sich auf einem Ast nieder, der über das Wasser ragte.

Seine Augen waren wie zwei strahlende Lichter, die das Geheimnis des Lebens in sich trugen. Der Vogel schien die Traurigkeit in Lucky zu spüren, als hätte er die leise Melodie des Schmerzes vernommen, die in der Luft schwebte. Er neigte seinen Kopf und betrachtete Lucky mit einem verständnisvollen Blick, der tief in die Seele drang.

Und dann begann der Vogel zu singen! Sein Lied war wie ein sanfter Strom, der die Stille durchbrach. Es war eine Melodie, die wie warmes Licht durch die Kälte der Winterlandschaft floss:

»Ein unsichtbares Band, das Herzen verbindet,
Ein Faden der Liebe, der niemals endet.
Durch Zeit und Raum, durch Freude und Leid,
Verbunden für immer, ein kostbares Kleid.

Von Wäldern zu Meeren, von Bergen zu Tälern,
Ein Mantel aus Schönheit, der uns umhüllt.
In jedem Wesen schlägt ein Herz, ein Funke,
Ein Teil des großen Ganzen, das uns erfüllt.

Und selbst wenn Stürme toben, wild und weit,
So halte fest an deiner inneren Welt.
Dieser kleine Funke, hell und warm,
Wird dich begleiten, bis zum neuen Morgenstern.«

Der wunderschöne Vogel erhob sich erneut in die Lüfte, seine Flügel trugen ihn anmutig davon, als würde er dem Horizont selbst ein stilles Versprechen flüstern. Lucky blieb kurz stehen, seine Gedanken verloren sich in dem zarten Klang des Liedes, das noch immer in seiner Seele widerhallte. Die Melodie, die die Luft mit einer leisen Magie erfüllte, hatte sich wie ein zarter Hauch in ihm eingenistet und ließ ihn nicht los. Ein Ohrwurm, der mehr war als nur ein Klang – er war ein Gefühl von Freiheit und Freude.

Mit einem Lächeln, das von der Musik in ihm erblühte, sprang Lucky auf und hüpfte durch den glitzernden Schnee. Jeder Schritt schien den Rhythmus der Melodie widerzuspiegeln, als tanzte er auf der weichen, kühlen Decke der Erde.

Der Winter war nicht mehr so kalt, sondern warm, erfüllt von der unsichtbaren Nähe des Liedes und der Hoffnung, dass jeder Schritt ihn weiter zu einem Ort der Freude führte.

Während Lucky fröhlich durch den Schnee sprang, fühlte er, wie der Boden unter seinen Pfoten leicht nachgab, als wolle er ihn tragen, als wäre der ganze Winter auf seiner Seite.

Die Schneeflocken, die zart in der Luft gleiteten, schienen Teil der Melodie zu sein, die er in seinem Herzen trug. Sie wirbelten um ihn, fielen in leisen, funkelnden Bögen und malten Bilder aus Licht und Bewegung in den winterlichen Morgen.

Er hielt kurz inne, blickte hinauf und nahm einen tiefen Atemzug. Der Himmel war weit und leer, doch in seiner Weite schien sich ein Versprechen zu verbergen – ein Versprechen, dass der Frühling irgendwann kommen würde, dass die Kälte nur eine Erinnerung sein würde. Aber auch jetzt, im kühlen Glanz des Winters, war da eine Art Wärme, die von innen kam. Eine Zuversicht, die ihn durchströmte, dass alles, was er brauchte, schon in ihm war.

Er setzte seinen Weg fort, das Herz leicht und die Pfoten voll neuer Energie. Vielleicht war es nicht nur die zauberhafte Melodie, die ihn begleitete, sondern auch der Glaube an den Augenblick. Ein Glaube, der ihm sagte, dass alles gut war, so wie es war. Und so hüpfte Lucky weiter, im Einklang mit der leichten Musik des Winters, getragen von einem unsichtbaren Band, das ihn mit der Welt und allem, was er liebte, verband.

Freude

In der Ferne, dort, wo der Winter die Bäume in ein stilles, weißes Kleid hüllte, erhaschte er einen flüchtigen Blick auf eine scheue Präsenz.

Was selten zu sein schien. Lucky fiel auf, dass sich kaum Tiere in seiner Nähe befanden, nur noch vereinzeln.

Eine Füchsin, die sich leise und fast unsichtbar zwischen den Schneekristallen bewegte. Ihr Fell schimmerte im Licht der winterlichen Sonne, und ihre Augen strahlten wie zwei kleine Sterne. Zögerlich näherte Lucky sich, sein Herz schlug schneller vor Neugier und Hoffnung.

Sie bemerkte ihn, und ihre ersten Schritte waren vorsichtig, doch in ihren Bewegungen lag eine Anmut, die Lucky faszinierte. Sie schien nicht ängstlich, nur wachsam und als sich ihre Blicke trafen, war da ein stilles Verständnis.

Die Füchsin, mit Augen, die das Licht der Welt einfingen, blickte auf Lucky, der mit einem Lächeln voller Neugier vor ihr stand.

»Wer bist du, Wanderer in dieser roten Pracht?«

»Ich bin Lucky«, antwortete er, »und die Freiheit ruft nach mir.«

»Hallo, Lucky«, sagte sie, ihre Stimme sanft wie der Wind, »komm, lass uns die Wege erkunden, die das Leben uns schenkt.« »Und wie ist dein Name?«, fragte Lucky neugierig.

»Ich bin die wunderschöne und clevere Talia.«, antwortete sie selbstsicher.

Mit einem Sprung, voller Lebensfreude, eilte Talia voran, und Lucky folgte ihr, ein Herz voller Abenteuer.

Talia lief geschickt und elegant durch den Schnee, ihre Bewegungen leicht und geschmeidig. Der Wind spielte mit ihrem orange-roten Fell, das im Sonnenlicht wie flüssiges Feuer glänzte. Lucky, noch immer mit einem Lächeln auf den Lippen, folgte ihr, neugierig auf die Welt, die sich vor ihm öffnete.

»Wohin führt uns dieser Weg, Talia?«, fragte er, während der Schnee unter seinen sanften Pfoten leise knirschte.

»Der Weg führt immer weiter, Lucky«, antwortete sie, ohne sich umzusehen, »und er ist nicht immer klar, aber genau das macht ihn spannend. Manchmal ist es die Reise, die uns zu uns selbst führt, nicht das Ziel.« Lucky nickte, auch wenn er nicht alles verstand, was sie meinte. Doch die Worte hatten etwas in ihm berührt, etwas tief im Inneren, das ihn daran erinnerte, dass er nicht immer alles wissen musste, um weiterzugehen. Manchmal genügte es, einfach zu vertrauen und dem Rhythmus des Lebens zu folgen.

Bald erreichten sie eine Lichtung, umarmt von strahlendem Licht, wo die Sonne tanzte und die Schatten Geschichten erzählten.

»Wer ist bereit für ein Spiel, das die Seele beflügelt?«, fragte Talia, mit einem schelmischen Funkeln in ihren Augen, während sie einen alten knorrigen Ast schüttelte, als wäre er ein Schatz.

»Ich bin es! Warte ab!«, rief Lucky, das Herz voller Vorfreude und er sprang voran, die Welt schien für einen Moment stillzustehen.

Er schnappte sich das andere Ende des Astes und ein Wettkampf entbrannte, wild und voller Energie.

»Gib niemals auf!«, keuchte Talia, ihr rotes Fell leuchtete, wie ein funkelnder Rubin im goldenen

Licht des Tages. »Ich werde diesen Ast nicht loslassen!«

»Wir werden ja sehen«, antwortete Lucky, mit einer Entschlossenheit in seiner Stimme und kämpfte mit all seiner Kraft, während das Spiel lebendig und aufregend wurde. Plötzlich, mit einem Ruck, zerbrach der Ast in zwei Hälften, und die Luft erfüllte sich mit Lachen, so rein und unbeschwert. Erschöpft und zufrieden fielen sie in den weichen Pulverschnee.

»Das war ein gutes Spiel«, sagte Lucky, sein Atem schwer, doch das Lächeln auf seinen Lippen sprach von unendlicher Freude. »Ja, lass uns das öfter tun«, erwiderte Talia, »denn in der Freiheit und im Spiel, da blüht die Seele auf und die Welt gehört uns, solange wir träumen.«

Und so lagen sie da, Seite an Seite, in einer winterlichen Traumlandschaft weit und breit. Die Sonnenstrahlen schienen durch die feinen Äste, ein Lächeln umspielte ihre Gesichter, denn sie wussten, gemeinsam blüht das Leben, wie die Blumen im Frühling, die die Kälte besiegen.

Bald schon rief wieder das Abenteuer.

»Wollen wir verstecken spielen?«, fragte Lucky, voller Elan. »Oh ja!«, erwiderte Talia, die Freude war groß. Und so begann das Spiel, mit Lachen und Frohsinn. Sie versteckten sich hinter Steinen, Birken, kleine Hügel und vielem anderen, was der Wald so hergab.

Plötzlich fand sich Talia hinter einem Brombeerstrauch wieder und Lucky suchte überall, mit einer Unschuld so rein, nach ihr. Es war köstlich, wie er umher schnüffelte, das gefiel Talia sehr. Doch sie merkte ein Stechen, geschuldet den Dornen.

»Ich hab dich!«, rief Lucky, voller Triumph und Glanz. »Die Dornen kratzen so, bitte nicht hier!«, wisperte sie leise.

»Oh, das ist nicht schön, komm schnell wieder raus!« Lucky, sensibel und einfühlsam, ließ den Sieg ruhen. Talia sprang erleichtert hervor, bereit für neue Spiele. Stundenlang verbrachten sie in dieser frostigen Pracht, der Spaß schien nie zu enden, die Zeit war voller Macht.

Dann geschah ein Missgeschick, ein unbedachter Schritt. Lucky versteckte sich in einem alten Dachsbau.

Je tiefer er kroch, desto mehr wuchs Freude, denn er dachte, Talia würde ihn nicht finden und er gewinnt die Runde. Doch plötzlich, eine kräftige Erschütterung.

Der Schnee war zu schwer und hatte den Eingang vollständig zugeschüttet. Lucky verspürte große Angst, die ihn ganz schwindelig machte.

»Talia!«, rief er, so laut er nur konnte, während sie umherirrte, auf der spielenden Suche nach ihm. Mit ihrer feinen Nase, die den Weg stets kannte, gelang sie schließlich zu dem Schneehaufen, wo vorher der Eingang war.

Sie hörte verwundert Lucky seine verzweifelten Rufe, die durch die Stille hallten.

»Ich bin hier, ich gebe alles, um dich zu befreien!«, rief sie und begann zu buddeln, mit aller Kraft und Eifer. Die Erde war hart, klamm und eiskalt, doch Talia gab nicht auf, ihr Wille war ungestüm.

Lucky hatte keine andere Wahl, als zu hoffen und zu warten. Der Bau war einfach zu niedrig, er konnte nicht darin stehen, um von der Innenseite selbst zu buddeln. Während er wartete, wissend das Talia alles gab, bemühte er sich sehr, die Stille in sich zu bewahren, als wäre Geduld eine sanfte

Melodie, die ihn umhüllte und ihm Frieden schenkte. Die Worte des Wächters hallten in ihm wider, wie ein leiser Echozauber, der die Finsternis seiner Gedanken erleuchtete.

Als Talia ihre Bewegungen langsamer wurden, streckte Lucky vorsichtig sein Näschen durch ein kleines Loch. Die Freude darüber gab ihr neuen Schwung und sie schöpfte nun aus den tiefsten Quellen ihrer inneren Stärke. Und schließlich, nach einer gefühlten Ewigkeit, kam Lucky endlich aus dem Bau, zitternd, aber befreit.

»Du bist die beste Freundin, die man sich wahrlich wünschen kann!«, strahlte Lucky, noch immer zittrig und voller Unbehagen. Talia, erschöpft, aber glücklich, nickte sanft.

»Das reicht für heute, genug Abenteuer für jetzt. Lassen wir den Abend hereinbrechen und finden Frieden.« Der Weg ihrer tiefen Freundschaft war geebnet.

So zogen sie weiter durch den verschneiten Wald, gefüllt mit dem wunderbaren Zauber des Winters. Mit jeder gemeinsamen Stunde suchten sie unter dem weißen Teppich nach Nahrung, ihre feinen Nasen führten sie zu vielen verborgenen Schätzen.

Sie waren mittlerweile ein eingespieltes Team. Der eine konnte sich auf den anderen verlassen.

Sie spielten Fangen, ihre Herzen schlugen im freudigen Takt des Spiels, rannten um die Wette, als ob die Welt nur für sie geschaffen wäre. In den geschützten Höhlen fanden sie Zuflucht vor der klirrenden Kälte der Nächte, geborgen in der Wärme ihrer Freundschaft, die wie ein leuchtendes Feuer in der Dunkelheit brannte.

Doch eines Abends, als die Dämmerung sanft über den Winterwald fiel und die Schatten länger wurden, schien sich das Schicksal zu wenden.

Während sie wieder um die Wette rannten, hüllte sich die Welt in einer geheimnisvollen Finsternis. Eine purpurfarbene Wolke zog über den Himmel und verdunkelte das sanfte Licht des Tages. Aus dieser Wolke leuchteten Augen, kalt und durchdringend, als ob sie die tiefsten Geheimnisse der Seele erblickten. Lange, weiße Haare schwebten im Wind, und ein Gefühl der Angst legte sich über ihre Herzen wie ein schwerer Schleier, der die Freude des Spiels erstickte. In diesem Moment, als die Ungewissheit die Luft erfüllte, spürten Lucky und Talia, dass ihre unbeschwerte Welt in Gefahr war.

Die Dunkelheit schien lebendig, und das Böse, das aus der Düsterkeit hervorkroch, war eine Herausforderung, die ihre Freundschaft auf die Probe stellen würde.

»Ihr gehört nicht hierher. Niemand hat hier einen Platz!«, dröhnte die purpurfarbene Wolke mit einem Hauch von Zynismus und Bosheit, während sie sich bedrohlich vergrößerte.

Talia, gefangen zwischen Mut und innerer Furcht, stellte sich dem Ungeheuer entgegen und sprach: »Wir fürchten dich nicht.« Doch in ihrem Inneren tobte ein Sturm. Die Wolke dehnte sich weiter aus, bis sie Lucky und Talia vollständig umschloss, eine undurchdringliche Düsterkeit, aus der es kein Entkommen gab.

»Wisst ihr denn nicht, wer ich bin? Ich bin der schwarze Zauberer des Waldes. Eine neue Ära wird beginnen. Vor mir hat man gefälligst Respekt. Der Wald wird nicht länger mit Freude vergiftct. Egal ob Mensch, ob Tier, verschwindet alle hier«, seine Wut wuchs wie ein Sturm. In ihrer Verzweiflung suchte Talia nach einem Ausweg aus diesem dunklen Wolkenreich. Sie rannte hin und her, sprang über Felsen und duckte sich unter kleinen Bäumen. Plötzlich zuckten heftige Blitze und Funken um sie herum.

Lucky seine Augen wurden zu großen Fenstern des Schreckens, und seine Schnauze öffnete sich weit, als wollte sie einen stummen Schrei entlassen, während seine Beine in der Zeit erstarrten, gefangen in der lähmenden Umarmung der Angst. Ein Erinnerungsfragment brach über ihn herein, wie ein Sturm, der alles mit sich riss:

Lucky war mit seiner Mama im Wald unterwegs, nichts ahnend, dass plötzlich Schüsse in ihrer Richtung abgefeuert wurden. Das Echo der Schüsse hallte in seinem Kopf, während die Funken um ihn herum tanzten. In diesem Moment schienen die Geräusche der elektrischen Entladung und die knallenden Schüsse eins zu werden, als ob die Wolke selbst die Erinnerung heraufbeschwor. Er erinnerte sich an das Gefühl der Kälte, das in seine Knochen kroch, als die Schüsse fielen. Der Nebel schlang sich wie ein kalter Schleier um den Tag, während die Jäger mit blinden Augen durch den Wald streiften, überzeugt, ein Wildschwein ins Visier genommen zu haben. In der kleinen Höhle, verborgen hinter

Wurzeln und Moos, hatte seine Mama ihn in Sicherheit gewogen, ihr Herz schlug für ihn, während sie selbst keinen Raum mehr fand.

Ein einzelner Schuss, ein durchdringender Schmerz, und die Welt zerbrach um ihn herum. Die Panik überrollte ihn wie eine Welle, unaufhaltsam, inmitten des tosenden Sturms, der in seinem Herzen tobte.

Die Funken und Blitze zogen Erinnerungen aus vergangenen Zeiten, schürten das Feuer seiner Angst. Er sah sie wieder, die sanften Augen seiner Mama, die ihn stets beschützten und das Lächeln, das jetzt in der Finsternis erloschen war. Die Trauer schnürte ihm die Kehle zu und das Schluchzen, war ein Echo der Einsamkeit, die ihn umhüllte.

Während Lucky, verlassen von seinem Anker, seiner Mama, in der Höhle verweilte, trat ein alter Knabe näher. Die leisen Wimmerlaute, die aus der Dunkelheit drangen, erweckten sein Mitgefühl, und so blickte er in die schützende Dunkelheit hinein. Mit einer sanften Geste streckte er seine Hand aus, um Lucky mit beruhigenden Worten zu erreichen, ihn aus der Umklammerung der Höhle zu locken. Der alte Knabe wusste instinktiv, dass dies für Lucky die einzige Chance war, in der Weite des Waldes zu überleben. Auch Lucky schien *die stille Botschaft zu verstehen und wagte es, langsam auf den alten Knaben zuzutreten. In einem Akt des Schutzes hob der Knabe ihn auf seinen Arm, und in diesem Moment fand Lucky die Geborgenheit, die er so dringend benötigte.*

Doch jetzt ist der alte Knabe nicht mehr da und nun weiß Lucky, dass die Geräusche die um ihn herum schwirren, nichts Gutes verheißen.

Während Lucky zwischen den furchtbaren Erinnerungen und der drohenden Finsternis des bösen Zauberers hin und her schwankte, war sein Geist ein Schauplatz des Kampfes. Inmitten der lila Wolke, die ihn gefangen hielt, schien die Zeit stillzustehen.

Talia, unermüdlich und voller Entschlossenheit, suchte nach einem Ausgang aus diesem Albtraum, der sie beide zu erdrücken drohte.

»Da!«, rief sie mit einer Stimme, die vor Hoffnung pulsierte, »eine Pforte!« Ihre Pfote deutete auf einen schimmernden Spalt im Nebel, ein zartes Licht, das wie ein Versprechen der Freiheit schimmerte.

Doch Lucky, gefangen in den Ketten seiner Erinnerungen, konnte sich kein Stück bewegen. Die Furcht hatte ihn fest im Griff. »Komm, Lucky!«, flehte Talia, ihre Stimme durchdrang das Dunkel, »Wir müssen gehen, bevor es zu spät ist!« Doch in seinem Inneren tobte der Sturm, und die Geister der Vergangenheit flüsterten ihm leise ins Ohr, schüchterten ihn ein, drängten ihn, sich zurückzuziehen. Plötzlich erhellte ein gleißendes Licht die Dunkelheit, gefolgt von einem lauten ohrenbetäubenden Knall, der gefühlt alles in Stücke riss. Nun war es still…

Ein unheimliches Schweigen legte sich über die Szene, als die riesige Wolke sich auflöste und die Welt in ein seltsames Licht tauchte.

Lucky lag auf dem Boden, seine Augen wanderten suchend durch die Leere, während er den Namen seiner besten Freundin rief: »Talia, wo bist du?« Doch die Stille antwortete ihm nicht, und das Echo seiner Stimme verhallte ungehört. Talia war fort wie eine Silhouette, die sich im Wind auflöste. Langsam erhob er sich, suchte Zuflucht. Zitternd, von der Ohrenspitze bis zu seinen Pfoten.

Hoffnung

Da saß er nun, kauernd hinter dem Felsen. Verletzt und zitternd mit jeder Faser seines Körpers mit der Hoffnung, er würde es irgendwie überstehen.

Sein Herz raste, und die Erinnerung an das Chaos, das ihn hierhergeführt hatte, war nur ein verschwommenes Bild. Die quälende Frage, ob er für Talias Verschwinden verantwortlich war, nagte nun auch noch an ihm. Hätte er doch nur reagiert. Diese Gedanken wirbelten wie ein Sturm in seinem Kopf, unaufhörlich und durcheinander.

Sein Blick fiel starr in die Finsternis. Eine schaurige Ruhe umgab den Wald.

Zu später Stunde, als der Himmel in sanften Farben schimmerte, trat eine leuchtende, geheimnisvolle Gestalt aus der Dunkelheit hervor, kaum größer als Lucky.

Bei näherem Hinsehen offenbarte sich der Charme eines zauberhaften Elfen, gehüllt in einen Mantel von tiefem Anthrazit, mit einem Pullover in dunklem Grün und einer breiten, hängenden Mütze, die

ihm ein geheimnisvolles Aussehen verlieh.

Lucky, von unruhigem Schauer durchzogen, konnte die Aufregung nicht ganz ablegen. Der Elf, weise und mitfühlend, erkannte das Zittern des Hundes und entschied sich, nicht mit Worten zu beruhigen, sondern blieb still und setzte sich an den Felsen, als suche er nach dem Frieden der Nacht. Er wusste, dass Worte in diesem Moment nur die Angst von Lucky verstärken würde.

So legte er sich in den sanften Schlaf. Lucky fühlte eine seltsame, aber wärmende Präsenz, ein stilles Wohlwollen, das ihn dazu einlud, den Abstand zu verringern.

Vorsichtig, fast schüchtern, näherte er sich und begann, den Elf zu beschnuppern, als dieser in tiefe Träume versunken war. Schließlich legte Lucky seinen Kopf sanft auf das Bein des Elfen, als wäre es ein sicherer Hafen. Er ist Lucky seine einzige Chance und das weiß Lucky. Der Elf erwachte für einen Moment, öffnete die Augen und lächelte, bevor er wieder in die ruhige Welt der Träume entschwand.

Der Morgen brach an, die Dunkelheit wich dem sanften Licht des neuen Tages. Lucky hob seinen

Kopf und schaute mit schmerzverzerrtem Blick zu dem Elf empor.

»Was hast du?«, flüsterte der Elf leise, seine Stimme kaum mehr als ein Hauch um ihn nicht zu erschrecken. Lucky hob vorsichtig sein Vorderbein und der Elf erkannte die Wunde, die sich auf Luckys zarter Haut zeigte.

»Oh nein. Du bist ja verletzt«, stellte er fest, und sein Blick wurde ernst. »Leider kann ich dir erst in der kommenden Nacht helfen, wenn der Himmel klar ist«, fügte der Elf mit Bedauern hinzu.

Mit einer sanften Geste griff er in seine rechte Manteltasche und holte einen kostbaren Mix aus getrockneten Schneeglöckchen und Winterjasmin hervor, den er behutsam auf die Wunde legte. Lucky knurrte leise, die Schmerzen waren einfach übermächtig, und das Vertrauen war noch nicht gewachsen in der kurzen Zeit, die sie miteinander verbracht hatten.

Lucky wartete sehnlichst auf die Nacht, während der Tag erst begann.

In der Stille des Morgens sammelte der Elf Äste und Zweige, um ein schützendes Zelt aus Stöcken um Lucky zu errichten, denn Lucky war noch verletzlich, ein Ziel für mögliche Feinde. Die Stunden zogen sich für Lucky quälend langsam hin, die Schmerzen schienen die Zeit zu dehnen. Doch tief in seinem Inneren wusste er, dass sich in der Unruhe nur weiteres Unheil brauen würde.

Die Sonne stieg höher und die sanften Strahlen durchdrangen das kleine Zelt.

Trotz der atemberaubenden Schönheit der Natur, war der Tag für Lucky eine Qual. Er lag noch in seinem improvisierten Schutz, umgeben von den beruhigenden Klängen des Waldes. Ein sanfter Wind raschelte durch die wenigen Blätter, und das Licht tanzte auf dem Boden. Der Schnee um ihn herum glitzerte im Sonnenlicht.

Doch trotz dieser friedlichen Umgebung konnte Lucky sich nicht entspannen.

Der Schmerz pulsierte in seiner Wunde, und seine Gedanken schwirrten um die Unsicherheit, die die Nacht gebracht hatte.

Der Elf, dessen Name Lucky noch nicht kannte, bemerkte die Unruhe des Hundes. Er wollte ihm helfen, auch wenn er wusste, dass er nicht viel tun konnte, bis die Nacht anbrach.

So entschloss er sich, den Tag damit zu verbringen, Lucky zu unterhalten und ihm die Zeit zu vertreiben.

Er begann, leise Lieder zu singen.

Seine Stimme klang wie das sanfte Plätschern eines Baches. Die Melodien waren alt und voller Geschichten von fernen Ländern, von Abenteuern und Freundschaften, die über die Grenzen der Zeit hinausgingen.

Während der Elf sang, sammelte er verschiedene Dinge aus der winterlichen Umgebung: glitzernde Schneekristalle und kleine Zweige, die unter dem Schnee verborgen waren. Er begann, aus diesen Materialien kleine Figuren zu formen – einen mutigen Ritter aus feinem Schnee, eine anmutige Prinzessin aus getrockneten Blüten und sogar einen kleinen gefährlichen Drachen aus Zweigen. Diese Figuren stellte er vor Lucky auf, als wäre es ein kleines lustiges Theaterstück, das nur für ihn aufgeführt wurde. »Schau, Lucky«, sagte der Elf mit einem Lächeln, »das ist Sir Schneeflocke, der tapfere Ritter, der die Prinzessin vor dem Drachen rettet.« Er bewegte die Figuren und erzählte eine Geschichte voller Mut und tiefer Freundschaft, die Lucky für einen Moment von seinen Schmerzen ablenkte. Er beobachtete gebannt, seine Augen strahlten vor Interesse, während er die Bewegungen der Figuren verfolgte.

Der Elf bemerkte, wie sich ein Hauch von Ruhe über Lucky legte und das gab ihm Hoffnung. Er wusste, dass die Zeit, die sie gemeinsam verbrachten, einen großen Unterschied machen konnte. So setzte er seine Erzählungen fort und ließ die Figuren in Abenteuer eintauchen, die voller Magie und Wunder waren.

Als die Sonne ihren höchsten Punkt erreicht hatte, bemerkte der Elf, dass Lucky hungrig war. So machte dieser sich auf die Suche nach essbaren Pflanzen und Beeren, welche unter dem ganzen Schnee verborgen waren. Während er die schöne Umgebung erkundete, sang er weiterhin leise Lieder, um Lucky zu beruhigen. Er fand einige getrocknete Beeren und eine essbare Wurzel, die er sorgfältig zubereitete.

»Hier, mein kleiner Freund«, sagte er, als er zurückkehrte und die tollen Leckereien vor Lucky ablegte. »Das wird dir helfen, die Kräfte zu sammeln.« Lucky schnüffelte vorsichtig und nahm einen kleinen Bissen. Der Geschmack war frisch und süß, und für einen Moment konnte er die Schmerzen vergessen.

Im Laufe des Tages erzählte der Elf fortwährend Geschichten, malte mit den Schatten der Fichten und dem Licht der winterlichen Sonne Bilder in den Schnee und ließ die Zeit wie im Flug vergehen.

Als die Sonne so langsam hinter den schneebedeckten Baumwipfeln verschwand und die ersten Farben des Abendhimmels am Himmel erschienen, spürte der Elf, dass die Nacht bald kommen würde. Er bereitete sich darauf vor, Lucky zu heilen.

»Bald wird die Zeit kommen, dann wird es dir wieder besser gehen«, flüsterte er sanft und setzte sich neben ihn, um ihm Gesellschaft zu leisten, in Erwartung des Einbruchs der Nacht.

In diesem Moment, als der Winterwald in ein friedliches Dämmerlicht getaucht wurde, spürte Lucky, dass er nicht allein war. Die Verbindung zwischen ihm und dem Elfen wurde stärker, und trotz der Schmerzen, die ihn quälten, fand er Trost in der Freundschaft, die gerade erst begann.

Der Schnee fiel leise um sie herum, und Lucky wusste, dass er in dieser kalten, stillen Nacht nicht allein sein würde. *Woher kann ich wissen, ob ich ihm mein Herz anvertrauen kann? Doch in den Stunden des Tages, die er mit mir verbracht hatte, hatte er mir so viel Gutes erwiesen.* Die Last der Verluste, die er erlitten hatte – seine Mama, sein früherer Besitzer, und die treue Talia – wog schwer auf ihm. Der Schmerz der Abwesenheit machte es ihm immer schwerer, wieder Vertrauen zu fassen. Verluste, so wusste er, können die verletzliche Seele erschüttern und das Vertrauen in die Welt um einen herum schmelzen lassen wie den Schnee unter der Wintersonne.

Die Worte des Baumwächters hallten in seinem Geist wider, und so fasste Lucky den Mut, dem Elf zu vertrauen.

»Wie heißt du eigentlich?«, fragte er interessiert.

»Ich bin Klausi«, antwortete der Elf mit einem Lächeln. »Und du?« »Ich bin Lucky«, erwiderte er, dessen Name in der Kälte des Winters wie ein zarter Lichtstrahl klang.

»Das ist aber ein schöner Name. Weißt du was er für eine Bedeutung hat?«, Lucky verneint. »Du trägst das Glück in dir – wie ein Sonnenstrahl. Du musst es nur sehen«, bemerkte Klausi mit einem warmen Blick. In Lucky regte sich der Gedanke, ob er je wieder glücklich sein würde.

»Es ist so weit. Nun benötige ich absolute Ruhe«, bat Klausi sanft, als die Nacht ihre dunkle Decke über den Wald legte. Er griff in seine linke Manteltasche und zog sorgfältig eine kleine Prise funkelnden Zauberstaub hervor.

»Unter dem Sternenhimmel,
Geweiht von der Nacht,
Möge diese Wunde sich verschließen,
Bis der Morgen erwacht!«

Klausi fasste seine Worte laut und klar. Mit einem wohlwollenden Atemstoß pustete er kräftig den glitzernden Staub über Lucky seine Wunde. Die Kälte schien für einen Moment zu weichen, und eine leise Hoffnung erfüllte die Luft. So begaben sich beide in die Stille der Nacht, die sanft um sie lag und ließen die Sorgen des Tages hinter sich.

Am nächsten Morgen, während die Sonne höher stieg und die sanften Strahlen das kleine Zelt durchdrangen, öffnete Lucky seine Augen. Ein Gefühl der Leichtigkeit erfüllte ihn, eine Freude, die wie der erste Hauch des Frühlings in seinem Herzen aufblühte. Mit einem Überschwang, der ihn überkam, sprang er in die Höhe, so lebhaft, dass das Zelt in einem sanften Ruck auseinanderbrach.

Klausi, der Elf, wurde durch das plötzliche Chaos aus seinem Schlaf gerissen, doch sein Schrecken verwandelte sich schnell in herzhaftes Lachen.

Voller Energie und Tatendrang wollte Lucky hinaus in die weite Winterlandschaft, um neue aufregende Abenteuer zu erleben.

Mit seinem neugewonnenen Freund.

Nachdem er sich kurz geschüttelt hatte, stürmten sie los, beide so schnell sie nur konnten, durch den feinen Schnee, der unter ihnen knirschte.

Bald fand Lucky sich in seiner allerliebsten Beschäftigung wieder – dem Graben nach Löchern. Mit unermüdlichem Eifer grub er in die kalte Erde, bis er auf etwas Langes stieß, das in ein tiefes Weinrot gehüllt war. Neugierig zog er es nun vorsichtig mit seiner Schnauze heraus und drehte sich zu Klausi um. »Schau, da ist meine Zaubermütze! Ich dachte, sie wäre für immer verloren«, rief Klausi voller Staunen. Anschließend lächelte er weise, als Lucky die Mütze betrachtete. »Weißt du, wenn man diese Mütze aufsetzt, wird man unsichtbar. Sie ist ein Zeichen des Mutes, und wenn du dich je unsichtbar fühlen möchtest, setze sie einfach auf. Eines Tages wirst du sie nicht mehr brauchen.«

So stülpte Lucky die Mütze über. Anschließend spürte er eine Welle von Sicherheit, eine Wärme, die ihm lange entglitten war.

In diesem Moment, umgeben von der schönen winterlichen Stille und dem vertrauten, herzlichen Lachen seines Freundes, wusste er, dass er nicht nur ein aufregendes Abenteuer suchte, sondern auch einen Weg zurück zu sich selbst.

Mit der Mütze sicher auf seinem Kopf und Klausi, an seiner Seite, fühlte Lucky eine unbeschreibliche Vorfreude auf das, was der Tag bringen würde.

»Wo gehen wir hin?«, fragte Lucky.

»Wir gehen zum alten Zauberwald«, antwortete Klausi. »Dort gibt es viele Geheimnisse, und nur die Mutigsten können sie entdecken.«

Die beiden begaben sich auf den Weg, und Lucky spürte, wie das Adrenalin durch seinen Körper raste. So durchquerten sie schneebedeckte Lichtungen, wo die Sonnenstrahlen durch die kahlen Äste der Ahornbäume schimmerten. Schließlich erreichten sie den Rand des Zauberwaldes, der mit glitzernden Eiskristallen und geheimnisvollen Schatten gefüllt war.

Klausi führte Lucky tiefer in den Wald hinein, wo die Birken dichter standen und das Licht schwächer wurde.

»Hier ist es«, flüsterte der Elf. »Der Ort, an dem die Wünsche wirklich wahr werden.« Lucky fühlte ein Kribbeln in seinem Bauch. »Und nun?«

»Nun müssen wir einen Wunsch äußern, aber nur, wenn wir uns wahrhaftig sicher sind, was wir wollen«, erklärte Klausi. »Die Magie hier ist stark, und sie wird uns nur das geben, was wir auch wirklich brauchen.«

Lucky dachte nach. Er hatte so viel verloren und nun so viele Ängste gehabt, was sehr anstrengend war und sich nicht gut anfühlte. »Ich wünsche mir, dass ich nie wieder Angst haben muss«, sagte er schließlich und spürte, wie die Worte in der kalten Luft schwebten.

Gerade als er seinen Wunsch ausgesprochen hatte, begann die Mütze zu leuchten und ein sanfter

Wind wehte durch den Wald. Die Bäume schienen zu flüstern, und Lucky fühlte, wie eine warme Energie ihn umhüllte. Er hatte das Gefühl, dass seine Angst sich langsam auflöste, als wäre sie nie da gewesen.

»Jetzt sind wir für alles bereit«, sagte Klausi, der einfühlsam die spürbare Veränderung in Lucky bemerkte. »Lass uns erkunden!«

Mit einem neuen Gefühl der Zuversicht und der Unbeschwertheit begaben sich die beiden auf Entdeckungsreise. Lucky sprang fröhlich umher, und die Mütze erlaubte ihm, Dinge zu tun, die er sich nie gewagt hätte. Er schlich sich an die scheuen Rehe heran, die im Wald lebten und beobachtete sie aus nächster Nähe. Ein wenig später schaute er vorsichtig einer Familie von Wildschweinen zu, die sich fröhlich im Schnee suhlten.

Doch plötzlich hörten sie ein lautes Krachen. Lucky und Klausi hielten inne.

»Das klingt nicht gut«, sagte Klausi besorgt. Sie folgten dem Geräusch und sahen einen alten Baum, der umgestürzt war und den Weg über eine Brücke versperrte, die über den Bach führte.

»Wir müssen helfen!«, rief Lucky und ohne zu zögern, liefen sie direkt zu dem Baum.

»Ich kann es nicht zulassen, dass die anderen Tiere hier festhängen und nicht mehr den Fluss überqueren können.« Er sprang vor und begann, mit seinen kräftigen Pfoten dem rutschigen Schnee trotzend, einen dicken Ast vom Baum mit seiner Schnauze zu greifen und so den schweren Baumstamm beiseite zu schieben. Durch diesen Kraftakt fiel die Elfenmütze von Luckys Kopf. Klausi half Lucky: »Du bist wirklich sehr mutig, Lucky«, sagte er. »Es ist die Mütze, die dich zu neuen Ufern führte, aber es ist dein eigenes Herz, das dich zu mehr antreibt.« Gemeinsam schafften sie es, den Weg freizumachen.

Als der Baum schließlich beiseitegeschoben war, kamen ein paar Tiere des Waldes heraus, um zu sehen, was geschehen war.

Lucky war sehr stolz, dass er helfen konnte, und in diesem Moment wusste er, dass er keine Mütze brauchte, um mutig zu sein. Es war die neue Freundschaft mit Klausi und die wertvolle Erfahrung, anderen zu helfen, die ihm das Gefühl von Stärke und Zuversicht gab.

Nach diesem Abenteuer gingen beide wieder zurück und setzten sich am Rande der Lichtung. Dabei betrachteten sie die Überreste des Zeltes, das sie zuvor aufgeschlagen hatten.

Die Stöcke lagen zerstreut im Schnee, und eine super Idee keimte in Luckys Herzen. »Was wäre, wenn wir etwas daraus bauen? Etwas, das uns Freude bringt?«, schlug er vor. Seine Augen leuchteten vor Enthusiasmus. Klausi nickte, die Neugier in seinem Blick. »Ein Schlitten. Das wäre großartig! Lass uns die Stöcke verwenden und etwas Wundervolles erschaffen.«

Gemeinsam machten sie sich ans Werk. Klausi, der elfische Handwerker, schnitt und formte die Stöcke mit einer Geschicklichkeit, die Lucky in Staunen versetzte. Währenddessen suchte Lucky nach wilden Reben, die sich eng um die Bäume schlängelten. Mit ein wenig Mühe und Geduld gelang es ihnen, ein stabiles geflochtenes Seil zu schaffen, das stark genug war, um den Schlitten zusammenzuhalten. Schon bald war er fertig – ein kunstvolles Werk aus Holz und Ranken, bereit für das Abenteuer, das vor ihnen lag.

»Ich kann es kaum erwarten, den Berg hinunterzufahren«, rief Lucky aufgeregt, während sie den

Schlitten bewunderten.

Der besagte Berg, hoch und majestätisch, ragte vor ihnen auf, bedeckt mit schimmerndem Schnee, der das Licht der Sonne reflektierte. Mit einem kräftigen Stups stießen sie den Schlitten an und machten sich auf den Weg nach oben. Jeder Schritt war ein kleiner Kampf gegen den Schnee, der sich unter den beiden zusammenpresste. Doch das Lachen und die Vorfreude trugen sie weiter.

Als sie den Gipfel erreichten, hielten sie inne und atmeten die frische, kalte Luft bewusst ein.

Der Blick über die verschneite Landschaft war atemberaubend – eine weiße Decke, die sich bis zum Horizont erstreckte. »Wir sind bereit«, sagte Klausi, und Lucky spürte ein kleines Kribbeln der Aufregung in seinem Bauch.

Sie setzten sich auf den Schlitten, und Klausi gab den ersten Schubs. Mit einem Ruck setzte sich dieser in Bewegung. Der Wind pfiff um ihre Ohren, als sie mit hoher Geschwindigkeit den Hang hinunterrasten. Die Welt um sie herum verschwamm, und die Freiheit erfüllte Lucky wie ein warmer Sonnenstrahl. Der Schnee spritzte hinter ihnen auf, während sie an großen Steinen und schneebedeckten Ästen vorbeiglitten. Zwei Rehe und ein silberglänzender Elch schauten überrascht auf, als der Schlitten vorbei sauste. Lucky und Klausi mussten geschickt ausweichen, um Zusammenstöße zu vermeiden und das Lachen hallte durch die winterliche Luft. Schneehasen sprangen fröhlich umher, blitzschnell und voller Energie. Lucky fühlte sich lebendig, als er die kleinen Tiere beobachtete, die mit ihren eleganten Bewegungen durch den Schnee flitzten. Die Freiheit war greifbar, und jeder Moment war ein Geschenk.

Die Fahrt war lang und voller Freude, das Herz schlug im Takt der Geschwindigkeit. Es fühlte sich an, als könnten sie die ganze Welt umarmen, während sie den Berg hinunterglitten.

Schließlich erreichten sie das Ende des Hangs, und der Schlitten kam sanft zum Stehen. Lucky sprang auf und schüttelte den Schnee von seinem Fell.

»Das war unglaublich!«, rief er, seine Augen strahlten vor Begeisterung. Klausi grinste, und auch er war erfüllt von der Freude des Abenteuers. »Und das Beste daran ist, dass wir den Schlitten selbst konstruiert haben. Wir sind ein gutes Team,

Lucky.«

Die beiden Freunde standen am Fuß des Berges, die Kälte des Winters um sie herum und fühlten sich unbesiegbar.

Sie hatten nicht nur einen Schlitten gebaut, sondern auch schöne Erinnerungen geschaffen, die sie nun für immer begleiten würden.

Voller Begeisterung beschlossen Lucky und Klausi, den Rest des Tages damit zu verbringen, den steilen Berg immer wieder hinaufzugehen und hinunterzufahren. Sie lachten und jubelten, während sie ihren Schlitten immer wieder an den Fuß des Hangs zogen. Jeder Aufstieg war ein kleines Abenteuer für sich, und die Vorfreude auf die nächste Abfahrt ließ sie die Mühen des Weges schnell vergessen.

»Ich glaube, ich kann noch schneller fahren!«, rief Lucky, als sie den Gipfel erneut erreichten. Klausi nickte zustimmend und grinste. »Lass uns sehen, wie schnell wir wirklich sein können!«

Sie setzten sich wieder auf den Schlitten und mit einem zielgerichteten Anstoß von Klausi sausten sie erneut den Hang hinunter.

Der kalte Wind blies ihnen ins Gesicht.

Sie schossen vorbei an schneebedeckten Tannen und glitzernden Eiszapfen, die im Sonnenlicht funkelten. Nach jeder Abfahrt waren sie voller Energie, und die Aufstiege wurden zu einem Teil des Spiels. Sie fanden verschiedene Wege, um den Berg hinaufzukommen – manchmal über die verschneiten Wiesen, manchmal aber auch durch die schmalen Pfade zwischen den Bäumen. Lucky und Klausi entdeckten, dass jeder Weg seine eigenen Überraschungen bereithielt.

Einmal fanden sie eine kleine Gruppe von Vögeln, die in den Zweigen wunderschön sangen und fröhlich umherflogen. Lucky hielt inne, um sie zu beobachten und Klausi flüsterte: »Sie scheinen sich über den Schnee zu freuen, genau wie wir!« Lucky nickte und lächelte, während er den Vögeln fröhlich nachsah, die eifrig über die verschneite Landschaft flogen.

Ein anderes Mal entdeckten sie eine kleine Schneehöhle, die von einem Hasen gegraben worden war. Lucky konnte nicht widerstehen und sprang hinein, um sich ein wenig im weichen Schnee zu wälzen. Klausi lachte und machte es ihm gleich und bald waren sie beide mit Schnee bedeckt, schüttelten sich und schauten sich an, während sie lachten.

Die Sonne wanderte weiter über den Himmel, und die goldenen Strahlen verwandelten die weiße Landschaft in ein glitzerndes Paradies. Jedes Mal, wenn sie am Fuß des Hangs ankamen, konnten sie es kaum erwarten, wieder hinaufzugehen. Die Freude des Schlittenfahrens schien unendlich, und die Zeit verging wie im Flug.

Als der Abend näher rückte und die Dämmerung sich ausbreite, beschlossen sie, dass es Zeit war für den letzten Run des Tages.

»Lass uns noch einmal den höchsten Punkt erreichen und dann einen richtig großen Sprung machen!« schlug Lucky vor, seine Augen funkelten vor Aufregung. Klausi nickte begeistert.

»Das klingt nach einem perfekten Abschluss für unseren Tag!«, erwiderte ihm Klausi.

Sie zogen den Schlitten ein letztes Mal den Berg hinauf und erreichten den Gipfel. Lucky konnte das Herzklopfen der Vorfreude spüren, als sie sich auf den Schlitten setzten.

»Bereit?«, fragte Klausi, und Lucky nickte fest.

Mit einem kräftigen Schubs sausten sie den Hang

hinunter, und als sie den tiefsten Punkt erreichten, sprangen sie mit voller Kraft ab. Der Schlitten hob sich für einen kurzen Moment in die Luft, und Lucky fühlte sich, als würde er fliegen. Die Welt unter ihnen verschwamm, und als sie wieder auf dem Boden aufschlugen, landeten sie sanft im Schnee, der wie ein weiches Bett wirkte. Sie lagen da, lachten und schnauften, während der Himmel in ein sanftes Orange und Rosa getaucht wurde.

»Das war so ein schöner Tag!«, rief Lucky, als er sich in den Schnee rollte.

Anschließend machten sich beide auf den Rückweg zu ihrem Lager. Dann bemerkten sie, dass die Sonne schnell hinter den Bäumen verschwand und der Himmel allmählich in ein tiefes Blau getaucht wurde. Die Kälte der angehenden Nacht kroch bereits in die Luft, und Lucky spürte ein leichtes Unbehagen. Obwohl er sich gut fühlte und voller Energie war, wusste er, dass jedes Wesen einen Schutz für die Nacht benötigt.

»Wir sollten schnell ein neues Zelt bauen, bevor es dunkel wird«, sagte Klausi entschlossen, als könnte er Lucky seine Gedanken lesen.

»Es ist wichtig, dass wir einen sicheren Platz haben, um die Nacht dort zu verbringen.« Lucky nickte und sah sich um.

Schnell machten sie sich nun daran, die besten Materialien zu sammeln. Lucky schnappte sich ein paar dicke statt dünne Äste, so hält das Zelt diesmal bestimmt länger als das vorige. Während Klausi mit geschickten Händen die dünneren Stöcke auflas und sie in einem Bündel zusammenband.

»Wir werden auch etwas Moos und Blätter für die Isolierung sammeln«, schlug Klausi vor. »Das hält uns warm.«

Während sie arbeiteten, spürte Lucky die Aufregung, die in der Luft lag. Es war ein Abenteuer, ein neues Zelt zu bauen, und er fühlte sich stark und fähig. Gemeinsam arbeiteten sie schnell und präzise, und bald hatten sie eine kleine, aber stabile Struktur errichtet.

Klausi zeigte Lucky behutsam, wie man die Stöcke so anordnete, dass sie ein Dach bildeten.

»Wir müssen darauf achten, dass das Zelt winddicht ist«, erklärte der Elf. »Und die Öffnung hier sollte nach Osten zeigen, damit wir die ersten Sonnenstrahlen am Morgen genießen können.«

Mit jedem Stock, den sie hinzufügten, fühlte sich

das Zelt sicherer an. Lucky sammelte das Moos und die Blätter und Klausi drapierte sie über die Struktur, um eine isolierende Schicht zu schaffen.

»So ist es prima!«, rief er erfreut und entfernte sich ein wenig, um das neu erbaute Zelt besser begutachten zu können.

Gerade als sie die letzten Handgriffe an ihrem Zelt vornahmen, bemerkten sie, dass die Dunkelheit über den Wald hereinbrach. Die ersten Sterne funkelten am Himmel, und der Mond begann, den Waldboden in ein sanftes Licht zu tauchen.

»Wir haben es geschafft!«, jubelte Lucky, als sie die letzte Lage Moos anbrachten. »Jetzt sind wir bereit für die Nacht.« Klausi klopfte ihm auf die Schulter. »Gut gemacht, Lucky! Jetzt können wir uns entspannen und die Nacht genießen.«

Sie schlüpften in ihr neues Zelt und machten es sich gemütlich. Die Kälte der Nacht war draußen, und drinnen fühlten sie sich warm und geborgen. Lucky sah zu Klausi und lächelte.

»Es ist so schön, einen Freund an meiner Seite zu haben, besonders in der Nacht, und dass wir eine Ecke gefunden haben, die noch nicht von schauriger Dunkelheit umgeben ist.« Mit diesen Worten schlossen sie die Augen und lauschten wieder dem sanften Rascheln einiger Blätter und dem fernen Heulen eines Wolfs.

Sie fühlten sich sicher und geborgen in ihrem kleinen Zelt, bereit, die Nacht zu verbringen und auf die neuen Abenteuer zu warten, die der kommende Tag bringen würde.

Am nächsten Morgen, als die ersten Lichtstrahlen durch die Öffnung des Zeltes schienen, wurden Lucky und Klausi von einem sanften Geräusch geweckt. Es war das leise, gleichmäßige Fallen von dicken, weißen Flocken, die wie kleine Federn vom Himmel fielen. Die Sonne war verborgen und der Himmel war in ein sanftes Grau gehüllt. Doch das machte nichts, denn die Magie des Schnees war allgegenwärtig.

Lucky sprang auf, seine Augen leuchteten vor Aufregung. »Schau, Klausi! Es schneit!«, rief er und konnte die Freude in seiner Stimme nicht verbergen.

Sie schlüpften aus dem Zelt und traten in die frische, unberührte Schneedecke. Lucky spürte den Pulverschnee unter seinen Pfoten, und ein breites

Grinsen breitete sich auf seinem Gesicht aus. Mit einem kräftigen Sprung versenkte er seine Pfoten tief in den Schnee, und seine Schnauze grub sich hinein, während er mit aller Kraft einen Schneeball formte. Der Schnee war perfekt, leicht und fluffig. Er rollte ihn vor sich her und mit jedem neuen Schwung wuchs der Schneeball, wurde größer und größer. Der Spaß den er dabei hatte, war ansteckend, und er konnte nicht aufhören. Immer wieder sprang er in den frischen Schnee, formte und rollte, bis schließlich ein riesiger Schneeball vor ihm stand. Klausi beobachtete das Treiben mit einem Lächeln. Die Freude, die Lucky ausstrahlte, war unwiderstehlich. Inspiriert von seinem Freund begann auch Klausi, einen Schneeball zu formen.

»Was hältst du davon, wenn wir daraus etwas Großartiges machen?«, fragte Klausi.

»Was meinst du?«, erwiderte Lucky neugierig, während er seinen großen Schneeball bewunderte.

»Ich habe eine Idee«, sagte Klausi begeistert und und lächelte geheimnisvoll.

»Wir könnten einen Schneemann bauen!«

Lucky war entzückt und sofort dabei. Schnell waren sie beide beschäftigt, zwei große Kugeln aus Schnee zu formen. Sie hatten eine Menge Spaß dabei.

Als sie fertig waren, betrachteten sie ihr Werk. Die beiden Schneebälle lagen stolz nebeneinander, bereit, zum Leben erweckt zu werden.

»Jetzt brauchen wir Arme«, sagte Klausi. Lucky sah sich um. Es dauerte nicht lange, bis er einige gerade Zweige fand, die sie dafür verwenden konnten. Klausi hielt die Stöcke hoch. »Perfekt! Und jetzt brauchen wir Augen und einen Mund.« Sie suchten nach dunklen, flachen Steinen, die im Schnee wie kleine Schätze funkelten. Als sie die perfekten Steine gefunden hatten, platzierten sie diese vorsichtig an dem Kopf des Schneemanns, der nun einen freundlichen Gesichtsausdruck bekam. Doch was könnten sie als Nase verwenden? Lucky überlegte und sah sich ruhig um. »Schau, da liegt eine alte, orangefarbene Wurzel«, rief er und hob sie triumphierend hoch. Klausi sagte erfreulich: »Das ist super! Lass uns unseren tollen Schneemann lebendig machen!« Mit einem sanften Lächeln steckten sie die Wurzel in den Schneemann und als sie zurücktraten, betrachteten sie ihr

Werk. Der niedliche Schneemann stand nun stolz da, mit einem lächelnden Gesicht, das die Freude und den Spaß des Morgens widerspiegelte. »Wir haben es geschafft, Lucky!«, rief Klausi begeistert. »Schau dir unseren Schneemann an!«

»Ja, er sieht fantastisch aus!«, erwiderte Lucky und hüpfte vor Freude. Der Schnee fiel weiter, und auch wenn die Sonne nicht schien, war der Tag erfüllt von Licht, Lachen und der Wärme ihrer Freundschaft.

Mit dem neuen Mut, den er aus seinen Abenteuern geschöpft hatte, beschloss Lucky, dass es an der Zeit war, etwas ganz anderes zu wagen: sich seiner bis hierin größte Angst zu stellen.

Ein Bad im klaren, glitzernden Wasserlauf, der sanft durch die verschneiten Wiesen plätscherte. Er hatte oft die Fische beobachtet, die fröhlich durch das Wasser schwammen, und der Gedanke, selbst ins Wasser zu springen, hatte ihn immer sehr ängstlich gemacht.

Doch heute fühlte er sich unbesiegbar.

»Was denkst du, Klausi? Soll ich heute wirklich schwimmen gehen?«, fragte Lucky, während sie am Ufer des Baches standen. Die Sonne funkelte auf der Wasseroberfläche und die Fische sprangen spielerisch aus dem Wasser.

»Warum nicht? Du hast deinen Mut bewiesen, und das Wasser wird dir sicher guttun«, ermutigte Klausi ihn mit einem Lächeln. »Und denke daran: Du bist nicht allein. Ich bin hier bei dir.«

Mit einem tiefen Atemzug trat Lucky ans Wasser. Er spürte die kühle Brise auf seinem Fell und hörte das sanfte Plätschern der Wellen. Zögernd tauchte er eine Pfote ins Wasser und war überrascht von der erfrischenden Kühle. Ein Lächeln breitete sich auf seinem Gesicht aus, und er wagte den nächsten Schritt, bis er bis zu den Knien im Wasser stand.

Die Fische schienen ihn zu bemerken und kamen neugierig näher. Lucky spritzte ein wenig Wasser mit seiner Pfote und die Fische reagierten mit fröhlichem Geplätscher.

»Das macht Spaß!«, rief er begeistert und sprang mit einem Satz vollständig ins Wasser. Das kühle Wasser umhüllte ihn, und für einen kurzen Moment fühlte er sich schwerelos. Er paddelte mit seinen Pfoten, tauchte unter und tauchte wieder auf, während er laut bellte vor Freude. Die Fische schwammen um ihn herum, als würden sie ihn willkommen heißen und mit ihm spielen. Klausi beobachtete ihn am Ufer und lachte.

»Sieh dir das an, Lucky! Du bist ein Naturtalent!« Mit jedem Sprung und jedem Paddeln wuchs Luckys Selbstvertrauen. Er drehte sich in der Mitte des Baches und ließ sich treiben, während die Sonne ihn wärmte. *Ich kann das!*«, dachte er sich und genoss das Gefühl der Freiheit und des Spaßes.

Nach einer Weile bemerkte Lucky, dass einige der Fische ebenso mutig um ihn herumschwammen, als ob sie ihm eine kleine Show bieten wollten. Sie sprangen aus dem Wasser und glitzerten in der Sonne.

»Das ist ja fantastisch!«, rief Lucky aus und versuchte, mit ihnen zu tanzen. Er sprang in die Höhe und tauchte wieder unter, und bald schon verwandelte sich der Bach in einen Ort voller Freude und Lachen.

Lucky hatte nicht nur seine Angst überwunden, sondern auch neue Freunde gewonnen. Es war herrlich.

Als die Sonne langsam unterging und der Himmel in warme Farben getaucht wurde, schwamm

Lucky wieder ans Ufer zurück. Er schüttelte sich das Wasser aus dem Fell und sah zu Klausi, der auf ihn wartete.

»Das war wunderbar. Es macht ja riesigen Spaß zu tauchen!«, rief Lucky begeistert. »Ich wusste, dass du es schaffen würdest«, erwiderte Klausi stolz.

»Du bist wirklich mutig, Lucky. Und jetzt hast du auch die Fische als Freunde.« Dieser lächelte und fühlte sich für einen Moment, als wäre er der glücklichste Hund der Welt. Er hatte nicht nur seine Angst überwunden, sondern auch die Freude entdeckt, die das Leben in all seinen Facetten mit sich bringen kann.

An diesem Tag hatte er gelernt, dass Mut nicht nur darin besteht, Herausforderungen zu meistern, sondern auch darin, Freude zu finden und das Leben in vollen Zügen zu genießen - auch wenn nicht alles perfekt ist und man jemanden vermisst. Nachdem Lucky den ganzen Nachmittag im Wasser verbracht hatte, umgeben von der Kälte, die seine Pfoten prickeln ließ, machten sich Klausi und er auf den Weg, um Holz für ein Lagerfeuer zu sammeln. Sie durchstreiften den Wald, was bei der fluffigen und rutschigen Schneefläche nicht immer einfach war. Lucky schnüffelte an der frischen, kalten Luft, während Klausi nach den besten Ästen suchte.

»Hier, dieser ist perfekt!«, rief Klausi und hielt einen dicken, trockenen Stock hoch, der im schwachen Licht des Abendhimmels schimmerte. Bald hatten sie einen kleinen Haufen zusammengetragen, und die Vorfreude auf das Feuer wuchs in ihnen.

Als sie zurück zu ihrem Lager kamen, leuchtete der Schnee im Licht der untergehenden Sonne.

Klausi kniete sich nieder und begann, die Äste sorgfältig zu schichten. Lucky beobachtete ihn neugierig: »Wie machst du das, Klausi? Wie wird aus diesen Stöcken ein Feuer?«

»Es braucht etwas Magie und ein wenig Geduld«, antwortete dieser mit einem Lächeln. »Aber vor allem braucht es den Funken der Hoffnung.« Mit diesen Worten nahm Klausi kleine Steine aus seiner Tasche und rieb sie aneinander. Ein kleiner Funke sprang auf, und mit einem sanften Atemzug blies er darauf, bis die Flamme zu tanzen begann.

Das Feuer züngelte und warf flackernde Schatten

auf die umstehenden Bäume.

Lucky setzte sich dicht daneben, die Wärme erfüllte ihn und umhüllte ihn wie eine schützende Decke. Die hohen Flammen des Lagerfeuers flackerten und boten ein wunderschönes Schauspiel aus tiefem Orange und warmem Gelb. Ein pures Leuchten in der Dunkelheit. Die Flammen loderten und flüsterten, ihre Zungen streckten sich in die Nacht, während sie in sanften Wellen von Licht und Schatten spielten. Ein rotes Glühen pulsierte im Herzen des Feuers, während goldene Funken wie kleine Sterne emporstiegen, die den Himmel berühren wollten. Der Duft von brennendem Holz mischte sich mit der kühlen Luft, während das Knistern des Feuers eine Melodie der Geborgenheit und des Lebens erzeugte.

Nach einer Weile, getragen von der Anmut des tanzenden Feuers und der aufkommenden Ruhe, stiegen in Lucky die Erinnerungen an seinen verlorenen Besitzer empor. Viele Abende haben sie gemeinsam am Kamin gelegen. Der Schmerz des Verlustes stach wie ein Dorn in Luckys Herz und die Erinnerungen an ihre gemeinsame Zeit waren so lebendig, dass er fürchtete, daran zu zerbrechchen. Er vergrub seine Nase in seinen Pfoten. Klausi bemerkte die tiefe Traurigkeit, die Lucky umhüllte wie ein schwerer Nebel. Doch er wusste, dass wenn Lucky über seinen Kummer sprechen wollte, er es tun würde. So beschloss er, die Stille mit Geschichten zu füllen.

Er erzählte von gruseligen Gestalten und lustigen Erlebnissen, von fernen Ländern und mutigen Helden. Die Worte flossen zwischen ihnen, eine Brücke aus vielen Erinnerungen und Fantasie, die wieder etwas Licht in die Finsternis brachte. Mit jedem Satz, den er sprach, wurde Lucky seine Traurigkeit ein wenig leichter, und die Nacht wurde lebendiger. Lucky hatte sich erneut in die sanfte Umarmung des Augenblicks verloren, als ob die Zeit für einen flüchtigen Moment stillgestanden hätte.

Klausi blickte in die Ferne, seine Augen verloren sich in der Unendlichkeit des Waldes.

»Ich kann mich nicht mehr an meine Vergangenheit erinnern«, flüsterte er, die Worte wie ein sanfter Windhauch. »Ich weiß nicht, zu wem ich einst gehörte. Der Wald, er ist mein Gedächtnis. Jede Ecke, jede Lichtung, jede Pflanze trägt eine eigene

Geschichte in sich. Ich kenne die Beeren, die heilen, und auch jene, die gefährlich sind. Doch manchmal, wenn die Dämmerung sich herabsenkt, überkommt mich die Angst, ohne Erinnerung zu leben.«

Lucky, der einfühlsame Hund, schaute mit weiten, fragenden Augen auf. »Ich dachte, du trägst keine Ängste in deinem Herzen?«

»Doch, mein lieber Freund«, erwiderte Klausi, »in jedem von uns schlummert eine Furcht. Die Frage ist, wie wir sie betrachten. Vielleicht habe ich eine glorreiche Vergangenheit oder eine, die von Dunkelheit durchzogen ist. Aber warum sollte ich weiter darüber nachgrübeln, wenn ich es eh nie erfahren werde? Ich lebe hier und jetzt, in dieser kostbaren Gegenwart. Und vielleicht, nur vielleicht, ist das gar nicht so verkehrt.«

Ein sanfter Wind strich durch die Bäume, als ob er Klausi und Lucky in ihrem Dialog umschloss. Die Natur lauschte, und die urige Stille wurde zum Begleiter ihrer Gedanken. In diesem Moment, im Schnee zwischen den Wurzeln der Bäume, fanden sie Frieden im Ungewissen.

»Wie herrlich wäre es, wenn es nur Leichtigkeit in mei-

nem Herzen gäbe«, sinnierte Lucky. Ein flüchtiger Schauer überkam ihn, als er an Talia dachte.

»Einst begegnete ich einer Füchsin. Wir tollten durch den Schnee, und sie brachte das Lachen zurück in mein Herz, das lange in Stille gefangen war. Wir liefen, als ob die Zeit stillstände, als ob der Morgen niemals kommen würde. Es war sonderbar. Doch schlagartig erschien der böse Zauberer und mit ihm eine gewaltige Wolke, durchzogen von grellen Blitzen und ohrenbetäubenden Funken. Es knallte gewaltig und plötzlich war alles fort. Ich lag dort allein, und Talia war verschwunden. Ist sie gestorben, konnte sie fliehen, oder hat er sie entführt? Ich fühlte einen tiefen Schmerz in mir. Der böse Zauberer will keine freundlichen Wesen.«

»Ah, das erklärt so einiges. Deshalb trugst du diese Furcht im Inneren und die Wunde an deinem Vorderbein. Jetzt weiß ich auch, warum hier eine dunkle Aura in den meisten Teilen des Waldes ist. Und ich kann sehen, dass diese sich täglich weiter vergrößert«, bemerkte Klausi, überrascht von der Schwere der Offenbarung.

Er fügte hinzu: »Weißt du, wenn wir jemanden innig lieben, müssen wir alles daransetzen, um nicht für immer verloren zu gehen. Die Dinge, die wir ändern können, warten darauf, angepackt zu werden. Lass uns den Weg zurückfinden und nach deiner Talia suchen.«

Ein Funke der Hoffnung durchzuckte Lucky, doch gleichzeitig beschlich ihn ein mulmiges Gefühl.

»Ja, wir werden Talia suchen. Ich sehne mich nach meiner besten Freundin. Aber was, wenn der böse Zauberer erneut dort auf uns lauert?«

»Wir werden einen guten Plan schmieden«, antwortete Klausi, der Elf, mit einem entschlossenen Funkeln in seinen Augen. »Ich werde meine Gedanken sammeln und Ideen entwickeln, wie wir uns besser schützen können. Gemeinsam werden wir stark sein.«

Die Dämmerung senkte sich sanft über den eisigen Winterwald, während Lucky und Klausi einen schützenden Platz in ihrem Zelt fanden. Der Schnee lag wie ein weicher Teppich auf dem Boden und Lucky legte sich in den frischen Schnee, der sich angenehm kühl anfühlte, während die kalte Luft die Aromen der winterlichen Natur umhüllte.

Sein Herz war zwar immer noch schwer von der Traurigkeit, die ihn fest umklammerte, doch die Vorfreude, Talia vielleicht wiederzusehen, heiterte ihn auf. Lucky schloss die Augen und ließ die Gedanken an die schönen Tage mit Talia in seine Träume gleiten, während die Nacht leise heranschlich und die Welt um ihn herum in ein sanftes Dunkel hüllte.

Klausi, sein fleißiger Gefährte, saß neben ihm, eingehüllt in seinen dicken Mantel. »Morgen werden wir beginnen, die Dinge zu sammeln, die uns helfen können«, sagte er, seine Stimme ein beruhigendes Flüstern in der frostigen Luft. »Es gibt viele Geheimnisse im Winterwald, die wir nutzen können. Wir sind nicht allein. Der Wald wird uns helfen.«

Die kalte Nacht gab ihnen ein Gefühl der Geborgenheit, während die Sterne wunderschön wie kleine Lichtpunkte am tiefblauen Himmel funkelten. Lucky spürte, wie sich die Kälte um seine tiefe Traurigkeit hüllte, aber auch, wie die Worte seines lieben Freundes wie ein Lichtstrahl durch den Nebel drangen.

Die Aussicht auf die Möglichkeit, Talia zu finden,

gab ihm Kraft. Er wusste, dass sie einen guten Plan schmieden mussten, um den bösen Zauberer zu besiegen und seine geliebte Füchsin zurückzuholen.

Die Vorbereitung

Als die ersten Sonnenstrahlen den Horizont küssten und der Schnee in einem glitzernden Licht erstrahlte, erwachte Lucky mit neuem Mut.

Der Morgen war frisch, und die Welt um ihn herum schien zu flüstern: »Jetzt ist die Zeit zu handeln.« Klausi war bereits wach und bereitete sich auf den Tag vor. »Komm, Lucky! Lass uns die Wunder des Winterwaldes entdecken.«

Gemeinsam zogen sie durch den verschneiten Wald, die Bäume trugen weiterhin schwere Lasten aus Schnee auf ihren Ästen. Lucky spürte die Kälte in seine Knochen, doch in seinem Herzen brannte die Flamme der Hoffnung.

Sie suchten nach Beeren, die auch im Winter wuchsen und nach Steinen, die sie für ihren Plan benötigten.

Klausi kannte die Geheimnisse des Winters – die leuchtenden Beeren der Eberesche, die selbst in der Kälte strahlten und aus dem Schnee hervorlugten. »Diese Pflanzen haben Kräfte, die wir nutzen können«, erklärte er, während er sorgfältig einige Beeren pflückte. Lucky beobachtete fasziniert, wie Klausi mit geschickten Fingern die Pflanzen auswählte, als wären sie die Puzzlestücke eines großen Geheimnisses.

Während sie durch den verschneiten Wald streiften, spürte Lucky das Rauschen des Windes und das Flüstern der Bäume um sich herum.

Der Winterwald war nicht nur eine kalte, leere Landschaft; er war lebendig, erfüllt von Mysterien und magischen Kräften, die darauf warteten, entdeckt zu werden. Lucky hielt inne, atmete tief die frische, klare Luft ein und fühlte, wie die Kälte seine Sorgen für einen Moment linderte.

»Wir sollten die Tiere um Hilfe bitten«, schlug Klausi vor, während er einen gezielten Blick über die verschneite Lichtung warf. Lucky nickte bejahend. Die Idee, mit den Tieren zu sprechen, fühlte sich richtig an. Schließlich waren sie Teil des Waldes, und vielleicht konnten sie etwas über den Zauberer und Talia wissen.

Klausi setzte sich auf den gefrorenen Boden und schloss die Augen. Er sprach die Melodie der Natur:

»Wind und Wasser, Erde, Licht,
Lasst die Tiere kommen, spricht!
Aus dem Dunkel, aus dem Schnee,
Kommt zu mir, oh, seid nicht weh!«

Lucky sah zu, wie Klausi seine Hände über dem Boden ausbreitete, als wollte er die Erde selbst berühren. Eine sanfte Melodie entwich seinen Lippen, und die Luft um sie herum begann zu schwingen. Die schönen Worte des Elfenzaubers schwebten durch die kalte Luft und zogen die Aufmerksamkeit der Tiere auf sich.

Nach wenigen Augenblicken geschah das Unglaubliche. Der Wind trug das angenehme Flüstern von Klausi durch den Wald, und bald darauf versammelten sich die ersten Tiere. Ein weiser Uhu mit schimmerndem Gefieder schwebte elegant von einem Ast herab und landete vor ihnen. Seine großen, goldenen Augen schauten interessiert, aber auch ernst. Ein neugieriger Schneehase hüpfte hinter ihm her, seine Ohren zuckten vor Aufregung. Schließlich kam ein stolzer Hirsch, dessen Geweih wie ein kunstvoller Kranz aus Eis funkelte, mit großem Schritt näher.

»Was führt euch in die aufkommende Finsternis des Winterwaldes?«, fragte der Uhu mit einer Stimme, die wie das Rauschen des Windes klang.

»Das ist Lucky und ich heiße Klausi. Wer seid ihr?« Der Hirsch fing an sich vorzustellen: »Ich bin Finn«. Dann wandte er sich dem Hasen zu: »Das ist Dyck«. »Ich bin Fridol. Nun genug der Vorstellungen. Warum habt ihr uns gerufen?«, fragte der Uhu irritiert.

Klausi nickte und erklärte ihre Situation. »Wir suchen Talia, die Füchsin. Der böse Zauberer hat sie vielleicht entführt, und wir brauchen eure Hilfe, um sie zu finden.« Die Tiere schauten sich an, und Lucky spürte die Unruhe in der Luft.

Fridol nickte: »In letzter Zeit sind viele Tiere verschwunden und leider werden es mit jedem Tag mehr. Gemeinsam werden wir wieder Licht in die Dunkelheit bringen. Wenn wir ihn besiegen, wird alles Dunkle verschwinden und Menschen und Tiere werden den Wald wieder mit Leben füllen. Kinderlachen und Vogelgezwitscher werden wieder erklingen.« Finn trat vor und sprach mit fester Stimme: »Auch Dyck und ich haben unsere Familien verloren. Ich kann euch führen. Der Weg ist gefährlich, aber ich kenne den Pfad, der uns zu dem versteckten Platz der Magie bringt. Dort finden wir eine wichtig Zutat, die wir benötigen, zusammen mit deinem Zauber.« Sein Blick war auf Klausi gerichtet, welcher zustimmte.

Dyck, der die ganze Zeit still und traurig zugehört hatte, hüpfte nun vor Vorfreude. »Und ich kann euch Geschichten erzählen! Geschichten von den alten Zeiten, als der Wald voller Licht und Freude war. Diese Geschichten sind die Kraft der Erinnerungen. Mit dieser Kraft und Magie schaffen wir es.« »Woher weißt du das alles?«, fragte Klausi neugierig. »Weißt du, ich war einmal sehr oft bei einem alten, weisen Baum. Dazu erzähle ich euch später mehr«, entgegnete ihm Dyck.

Lucky fühlte, wie seine ersehnte Hoffnung wieder aufblühte. Die Tiere waren bereit, ihnen zu helfen. So wurde das Band zwischen ihnen stärker, sie hatten ein gemeinsames Ziel. Zusammen machten sie sich erwartungsvoll auf den Weg. Während sie durch den verschneiten Wald zogen, erzählte Dyck von einer schaurigen Geschichte, über das Erlebnis der Tiere in der Vergangenheit.

»Es gab Zeiten, in denen wir gegen Menschen gekämpft haben, die leider von Bosheit erfüllt waren. Sie wollten uns nur zum Spaß quälen. Doch die meisten Menschen sind zum Glück nicht so, sie helfen uns eher.«

Indes er weitererzählte, lauschten die anderen gebannt, während sie durch die schneebedeckten Lichtungen und zwischen den hohen Bäumen wanderten. Finn leitete sie durch den verworrenen Pfad, der vom Schnee verborgen war. Fridol schwebte über ihnen, sein scharfer Blick suchte nach Gefahren.

Die Kälte des Winters schien sie nicht zu stören. Im Gegenteil, sie haben die wachsende gemeinschaftliche Energie gespürt, die durch den Wald geflossen ist.

Nach mehreren Stunden des Wanderns hielten sie schließlich an einem beeindruckenden gefrorenen Wasserfall an. Das Eis funkelte in der Sonne und schien in allen Farben des Regenbogens zu schimmern. Anschließend führte Finn sie zu einem kleinen, versteckten Platz, wo sie sich ausruhen konnten. »Hier werden wir die Tränen der Hoffnung sammeln«, erklärte er. »Sie sind eine mächtige Quelle der Magie.« Klausi nickte.

Anschließend bereiteten sie sich vor.

Lucky trat vorsichtig an den gefrorenen Wasserfall heran und legte seine Pfote sanft auf das Eis. Während er die Kälte spürte, sprach Klausi die alten Worte:

»Eis und Licht, vereint in Pracht,
Die Tränen der Hoffnung, im hellen Tag.
Funkelndes Wasser, im Regenbogenstrahl,
Erwecke die Magie, die liegt überall.

Mit jedem Tropfen, der hier entsteht,
Entfaltet sich Kraft, die nie vergeht.
Kühle des Winters, in sanften Wogen,
Die Wünsche der Herzen, in Tränen verwoben.

Hör, o Wasserfall, mein leises Flehen,
Lass die Hoffnung in funkelnden Tropfen erstehen.
Kraft der Natur, so rein und klar,
Bring uns das Licht, das wir suchen, so wahr.

So sei es gesprochen, im Einklang mit dir,
Die Magie der Tränen, sie fließt jetzt zu mir.

In diesem Moment, in diesem Raum,
Erblüht die Hoffnung, wie ein strahlender Traum.«

Mit jedem Wort fühlte Lucky, wie sich eine Welle der Energie durch ihn hindurchbewegte. Das Eis begann zu vibrieren, und kleine, glitzernde Tropfen formten sich an der Oberfläche.

»Jetzt! Fangen wir sie ein!«, rief Lucky. Klausi hielt ein kleines, gefrorenes Fläschchen bereit und ließ die Tropfen hineinfallen. Die Tränen der Hoffnung schimmerten in einem tiefen Blau und leuchteten wie Sterne. Als das Fläschchen voll war, fühlte Lucky, wie ein warmes Licht ihn umhüllte, und er wusste, dass sie etwas sehr Wertvolles gesammelt hatten.

Anschließend blieben sie noch eine Weile am Wasserfall, um sich auszuruhen und die Magie des Ortes zu genießen. Nachdem Fridol nun wieder Schwung aufgenommen hatte, breitete er seine Flügel aus und erhob sich erneut in die Lüfte, um danach in den Himmel zu entschwinden.

In der Zwischenzeit erzählte Dyck weiter: »Jetzt kommen wir zu dem alten Baum. Ein Koloss der Natur und die Seele des Waldes. Er verfügt über alles Wissen der Zeit. Vielleicht sollten wir ihn besuchen, um mehr über den Zauberer zu erfahren«, schlug Dyck vor. »Das ist eine sehr gute Idee«, stimmte Klausi zu. »Wir sollten morgen früh aufbrechen und den Baum suchen. Er wird uns helfen, mehr über unseren Widersacher herauszufinden.« Lucky erinnerte sich an den weisen Baum, den er einst getroffen hatte, und ein warmes Gefühl des Wissens durchströmte ihn. So erzählte er den anderen von seiner Begegnung mit dem Baum und wie dieser ihm half, anfangs zur Ruhe zu kommen und der Umwelt mehr Vertrauen zu schenken.

Als die Dämmerung langsam über den schönen Winterwald hereinbrach, fanden Lucky und Klausi einen geschützten Platz zwischen den Bäumen, um ihr Lager aufzuschlagen. Sie erreichten eine kleine Lichtung, wo der Schnee nicht ganz so tief war und die Äste der angrenzenden Bäume eine natürliche Überdachung bildeten.

»Hier sind wir sicher«, sagte Finn, während er seine kräftigen Beine ausstreckte und sich im glitzernden Schnee niederließ.

Klausi entfachte wieder ein kleines Lagerfeuer, das schnell zu einem warmen, einladenden Licht aufleuchtete. Lucky setzte sich neben das Feuer und spürte, wie die Wärme seine kalten Gliedmaßen durchdrang. »Wir haben heute viel erreicht«, sagte Klausi und sah zu Lucky. »Die Tränen der Hoffnung, die Beeren und Steine sowie die Kraft der Erinnerungen werden uns helfen. Ich fühle, dass wir auf dem richtigen Weg sind.«

Dyck der sich neben ihnen niedergelassen hatte, nickte eifrig. »Ja, und ich erzähle weitere Geschichten, an die ihr euch gut erinnern müsst!«

»Ja, das ist wirklich wichtig«, stimmte Klausi zu.

»Aber zuerst gibt es noch mehr zu dem weisen Baum zu erzählen.« Und schon ging`s los: » Er steht in der Mitte des Waldes und es war der Ort, an dem wir uns versammelten, um Geschichten zu erzählen und die Weisheit der Ältesten weiterzugeben. Doch vor ein paar Tagen hat leider der Zauberer den Baum verflucht.«

»Oh nein«, sagte Lucky schockiert.

»Wir müssen auf der Hut sein,« sprach Dyck weiter, »er hat eine Falle aufgestellt, um den Baum in Einsamkeit zu verdammen.« *»Der arme Baum«,* dachte sich Lucky. »Wir werden es schaffen«, erwiderte Klausi mit unerschütterlicher Zuversicht in seiner Stimme. Während Dyck weiter erzählte, knisterte das Feuer, und die Flammen warfen warmes Licht auf die Gesichter der Tiere und des Elfen. Lucky fühlte sich geborgen und ermutigt durch die Gemeinschaft, die sie gebildet hatten.

Jeder von ihnen hatte seine eigenen Stärken und Fähigkeiten, und zusammen konnten sie alles erreichen.

Wie die Tage vergingen, so wuchs die dunkle erdrückende Präsenz des Zauberers im Wald. Die neuen Freunde wollten die kürzlich erschienene Finsternis wieder vertreiben.

Als die Nacht weiter fortschritt und die Sterne am Himmel wunderschön funkelten, begann Finn von seinen tollen Erinnerungen zu erzählen. Es wurde immer spannender. Er sprach von mutigen Taten und heldenhaften Kämpfen, die die Tiere im Wald geführt hatten. »Wir müssen nur weiterhin alle zusammenhalten«, wiederholte er immer wieder, »so, wie wir es damals getan haben.«

Schließlich, als die Müdigkeit sie überkam, schlossen sie ihre Augen und ließen sich von der Wärme des Feuers in den Schlaf wiegen. Auch Fridol schlief friedlich über ihnen auf einem dicken Ast.

Am nächsten Morgen, als die ersten Sonnenstrahlen den gefrorenen Wasserfall erhellten,
spürte Lucky eine Mischung aus Vorfreude und
Nervosität. Sie hatten die Tränen der Hoffnung
gesammelt und waren entschlossen, den alten
Baum aufzusuchen, um mehr über den Zauberer
und seine Schwächen zu erfahren.

»Auf geht`s. Machen wir uns nun auf dem Weg
zu dem alten Baum«, sagte Klausi. Die Gruppe
startete voller Tatendrang in den Tag. Dyck
kannte den Pfad. Es war nicht ganz einfach. Sie
hatten einige Hindernisse zu überwinden, aber er
führte sie sicher durch den verschneiten Wald. Die
hohen Tannen standen dicht beieinander, ihre
Äste wie schützende Arme über sie ausgebreitet.

»Ich kann die Magie des alten Baumes fast spüren«, sagte Lucky und schloss die Augen, als er
den vertrauten Duft der Erde einatmete. »Er muss
in der Nähe sein.«

Nach einer Weile erreichten sie eine Lichtung, die
von hohen, majestätischen Kiefern umgeben war.

In der Mitte der Lichtung stand ein Baum, der
größer und älter war als alle anderen, mit ein paar
leuchtend goldgelben Blättern an den Enden der

Äste, welche er den ganzen Winter überbehielt. Der Einzige, der in der Lage war, zu sprechen. »Das ist er«, flüsterte Lucky ehrfürchtig.

Als sie sich dem Baum näherten, entblätterte sich vor ihnen ein Anblick von schimmernder Gefahr. Eisige Klingen hingen bedrohlich von den Ästen und glitzerten im schwachen Licht des Waldes. Jede Klinge war scharf wie ein Messer und schien mit einer magischen Kälte durchzogen, die die Luft um sie herum zum Frösteln brachte. Wenn ein Tier zu nah kam, würden die Klingen mit einem unheimlichen Zischen herabsausen, bereit, jeden zu treffen, der ihre Grenze überschritt. Sie waren nicht nur gefährlich, sondern auch mit einem Fluch belegt: Wer einmal von ihnen getroffen und das überleben würde, fiel in einen tiefen, frostigen Schlaf und blieb für immer im Schatten des Baumes gefangen.

Nachdenklich stellten sich die Freunde vor den Baum, ihre Herzen pochten vor Angst und gleichzeitiger Entschlossenheit. Klausi, der Elf, spürte die Kälte in der Luft und wusste, dass sie einen guten Plan schmieden mussten, um die Klingen zu überwinden und den Baum zu befreien.

Finn, selbstsicher und kraftvoll, stand aufrecht und blickte entschlossen auf diese schimmernde Bedrohung. Sein Herz schlug in einem schnellen Rhythmus, während der kalte Wind durch sein dickes, weißes Fell strich. »Ich werde die Klingen anziehen«, verkündete er mit fester Stimme, die in der frostigen Luft hallte. »Wenn ich schnell genug bin, kann ich ihnen entkommen und euch die Möglichkeit geben, mit ihm zu sprechen.«

Die anderen Tiere schauten ihn an, ihre Augen weit vor Sorge, doch in seinem Blick lag eine unerschütterliche Entschlossenheit. Finn wusste, dass er der Schlüssel zu ihrem Erfolg sein würde, und das Gewicht dieser Verantwortung drückte schwer auf seinen Schultern. »Vertraut mir!«, fügte er hinzu und senkte seinen Kopf, um seine Muskeln zu spannen. Mit einem tiefen Atemzug sammelte Finn seine Kräfte. Er spürte, wie das Adrenalin durch seine Adern strömte und seine Sinne schärfte. Die Klingen schienen auf ihn zu lauern, hungrig nach einem Ziel. Doch er würde sich nicht von der Angst leiten lassen. Stattdessen schloss er für einen Moment die Augen und stellte sich vor, wie er mühelos durch den Wald sprang, die Klein-

gen hinter sich lassend.

»Jetzt!«, rief er und setzte sich in Bewegung. Mit einem kraftvollen Satz sprang er vorwärts, seine Hufe berührten den Boden kaum, so schnell war er. Finn war ein Meister der Eleganz und Geschwindigkeit, und in diesem kritischen Moment zeigte er all sein Können. Er raste in die Richtung der Klingen, seine Bewegungen geschmeidig und präzise, während diese mit einem bedrohlichen Zischen auf ihn reagierten.

Anschließend zogen sie sich zusammen, als ob sie seine Überlegenheit spüren konnten, und schossen mit tödlicher Präzision nach unten. Doch Finn war schneller. Er sprang über die ersten Klingen und landete mit einem kraftvollen Aufprall auf dem Boden.

Die Freunde beobachteten gebannt, wie Finn die Klingen mit einem riskanten Tanz herausforderte. Er war ein lebendiges Symbol der Hoffnung, und während er dem Tod ins Gesicht sah, fühlten sie, dass sie ihm vertrauen mussten.

Finn spürte die Klingen hinter sich, die ihn wie ein unaufhaltsames Ungeheuer jagten. Doch sie waren nicht nur gefährlich; sie waren auch hypnotisierend. Finn wusste, dass er nicht nur schnell sein musste, sondern auch klug. Mit jedem Satz, den er machte, lenkte er die Klingen weiter von den anderen Tieren weg. »Komm schon!«, rief er, seine Stimme drang durch die Kälte der Luft. »Ich kann das schaffen!«

Finn war bereit, alles zu riskieren, um seine Freunde zu retten. In diesem entscheidenden Moment war er nicht nur eine Ablenkung – er war der Held, der den Unterschied zwischen Freiheit und Gefangenschaft ausmachte. Er sprang mit einem letzten, kraftvollen Satz über die übrigen Klingen, die ihm nachjagten. Mit einem mutigen Herzen landete er anschließend sanft auf dem weichen Boden, kurz hinter dem großen alten Baum, der in beeindruckender Pracht vor ihm stand.

Die Klingen, abgelenkt von seinem Sprung, schnitten durch die Luft und fielen mit einem scharfen Geräusch an Finn vorbei zu Boden. Finn spürte die Erschöpfung in seinen Beinen, doch er hatte es geschafft – er war den tödlichen Angriffen der Klingen entkommen. Mit einem erleichterten Atemzug wandte er sich um und sah, wie seine Freunde, angeführt von Lucky und Dyck, mutig unter dem schützenden Licht von Klausi hindurchstürmten.

Plötzlich blickten gütige Augen aus der Rinde des Baumes, und eine sanfte Stimme drang aus dem Inneren: »Ihr habt mich befreit von den Klingen der Dunkelheit«, sprach der Baum mit einer tiefen, resonierenden Stimme. »Eure Tapferkeit und euer Mut sind der Anfang, um die Magie des Waldes wiederherzustellen. Ich danke euch, edle Tiere.«

Die Gruppe schaute sich erstaunt an. »Wir haben es gemeinsam geschafft!«, rief Lucky, seine Stimme voller Freude. »Der Baum ist frei!« Sie traten näher, und Lucky legte seine Pfote sanft auf die raue Rinde des Baumes.

»Wir suchen Antworten«, begann er leise und respektvoll. »Wir brauchen Hilfe, um Talia zu finden und den Zauberer zu besiegen. Bitte, mein alter Freund, teile dein Wissen mit uns.«

Ein sanfter Wind wehte durch die Äste des Baumes, und die Blätter raschelten wie ein leises Flüstern. Plötzlich erstrahlte der Baum in einem warmen, goldenen Licht, das die Lichtung erfüllte. Lucky und die anderen schlossen die Augen, während die Magie des Baumes sie umhüllte.

»Mein tiefer Dank gilt euch. Ihr sucht also nach dem bösen Zauberer. Er hat die Finsternis in meinen einst so schönen Wald gebracht. Doch ich kann euch helfen, wenn ihr bereit seid, die Wahrheit zu akzeptieren.«

»Wir sind bereit«, sagte Klausi, seine Stimme fest und voller Willenskraft.

»Die Dunkelheit kann nur durch Licht und dem festen Glauben an euch selbst besiegt werden«, fuhr der Baum fort. »Ihr müsst eure eigenen Ängste überwinden und die Kraft der Hoffnung in euch finden. Die Tränen, die ihr gesammelt habt, sind ein Teil davon. Doch ihr müsst sie wahrlich weise einsetzen.«

»Wie können wir das tun?«, fragte Lucky. »Wie können wir die Düsternis besiegen?«

»Der Zauberer hat eine Schwäche«, erklärte der Baum. »Er ist von Angst und Unsicherheit umgeben. Wenn ihr euch ihm nähert, müsst ihr euch eurer eigenen Stärke bewusst sein. Nutzt die Erinnerungen der Tiere, die von ihm gestohlen wurden, um ihn zu konfrontieren. Er wird schwach werden, wenn ihr euch an die Freude und den Mut erinnert, die er allen Wesen genommen hat. Ihr müsst selbstsicher sein.« Lucky nickte, als die Worte des Baumes in ihm nachhallten.

»Wir werden es tun. Wir werden gegen den bösartigen Zauberer kämpfen und Talia sowie den ganzen Wald retten.«

»Die Zeit des Wandels ist gekommen. Nutzt die Magie, die in euch lebt. Eure Entschlossenheit wird die Dunkelheit vertreiben«, sagte der Baum.

»Findet das Kaleidoskop. Es ist das Herzstück des Zauberers. Dort sind die lieben Herzen sowie die Erinnerungen vieler Tiere und Menschen gefangen und er möchte die Sammlung weiterführen. Klausi muss es mit einem Rückkehrzauber später auflösen. Wenn ihr das geschafft habt, bewahrt es für immer vorsichtig auf. Aber seid gewarnt: Das Kaleidoskop darf nicht zerbrechen, sonst bleibt die Finstern bis in alle Ewigkeit. Folgt dem Licht, das in euren Herzen brennt, und die Magie des Waldes wird euch leiten. Und vergesst niemals eure Erinnerungen.«

Nachdem sie sich von dem alten Baum verabschiedet hatten, machten sich Lucky, Klausi, Finn, Dyck und Fridol auf den Weg zur Festung des Zauberers. Der Wald um sie herum schien beseelter denn je, als sie die Stärke und den Mut spürten, die aus der Verbindung mit dem Baum hervorgingen.

Während sie den schmalen, schneebedeckten, weißen Pfad entlang gingen, begannen sie, die Geschichten der Tiere lebendig werden zu lassen. Mit solch einer Euphorie. Jeder von ihnen sprach von mutigen Taten, tiefer Freundschaft und Zusammenhalt, und die Erinnerungen füllten die kalte Luft mit Wärme und Hoffnung.

Eine Geschichte vom alten Wolf

Finn fing an mit einer Geschichte vom alten Wolf, während die anderen sich um ihn scharten, ihre Ohren gespitzt und die Augen weit geöffnet.

»Der Wolf war nicht nur mutig, sondern auch klug. Er kannte den Wald wie seine eigene Pfote und wusste, wo die besten Verstecke waren, wo die Flüsse flossen und wo die Beeren am süßesten waren. Die Tiere kamen oft zu ihm, um Rat zu suchen und er half ihnen, in schwierigen Zeiten Entscheidungen zu treffen.«

»Eines Tages«, fuhr Finn fort, »als der Frühling kam und die Blumen zu blühen begannen, bemerkte der alte Wolf, dass die Tiere im Wald unruhig wurden. Die Vögel sangen weniger, und die Hasen schlichen sich ängstlich in ihre Bauten. Der Wolf spürte, dass etwas nicht stimmte. Er versammelte die Tiere und fragte sie, was los sei. Der Adler, weise und alt, berichtete von einem neuen Jäger, der im Dorf lebte und einen besonders gefährlichen Trick kannte – er hatte eine Falle erfunden, die die Tiere anlockte, indem sie wie frisches, klares Wasser aussah durch die Spiegelung. Das war natürlich nur die Oberfläche. Leider konnte sie gut täuschen.«

»Der alte Wolf wusste, dass sie handeln mussten. Er sprach: *»Wir dürfen uns nicht von der Angst leiten lassen. Wenn wir zusammenarbeiten, können wir diesen Jäger überlisten.«* Die Tiere waren zunächst skeptisch, aber der Wolf ermutigte sie. *»Lasst uns einen Plan schmieden. Wir werden den Jäger in die Irre führen und seine Falle zerstören.«*

»Also machten sich die Tiere auf den Weg. Der alte Wolf führte sie zu einem versteckten Platz am Fluss, wo sie sich beraten konnten. Der Dachs kam mit einer List, der alte Bär bot seine Stärke an, und die Vögel übernahmen die Aufgabe, den Himmel zu beobachten. Gemeinsam entwarfen sie einen Plan, um den Jäger in die Irre zu führen und seine Falle zu zerstören.«

»Am nächsten Tag, als der Jäger seine Falle aufstellte, versteckte sich der alte Wolf in der Nähe. Die anderen Tiere schlichen sich heimlich an den Rand des Waldes und beobachteten den Jäger. Als er die Falle auswarf, flatterten die Vögel laut und lenkten seine Aufmerksamkeit ab. Der Jäger schaute nach oben, und in diesem Moment sprang der alte Wolf hervor. Er heulte laut und rannte in die entgegengesetzte Richtung, um den Jäger wegzulocken.«

»Die anderen Tiere nutzten die Gelegenheit und stürmten vor, um die Falle zu zerstören. Der Bär brach mit seinen kräftigen Pfoten die Falle auseinander, während der Dachs und die Hasen die Umgebung nach weiteren Gefahren absuchten. Der alte Wolf führte den Jäger immer weiter weg. Da der Jäger es immer wieder versuchte, die Tiere aber disziplinierter waren, gab er schließlich frustriert auf.«

»Der Wald war wieder sicher. Dank seiner Tapferkeit führten wir uns alle beschützt!«

Lucky, der die Geschichte aufmerksam verfolgt hatte, fühlte sich inspiriert. »Wenn wir alle zusammenarbeiten, können wir alles erreichen«, sagte er. Die anderen Tiere nickten zustimmend und Finn fügte hinzu: »Lasst uns die Lehren des alten Wolfes im Herzen tragen und uns gegenseitig beschützen, denn gemeinsam sind wir stark.«

Die Legende der singenden Vögel

Klausi übernahm und erzählte von den singenden Vögeln, die vor nicht allzu langer Zeit in Gruppen im Wald lebten. »Ihre Lieder waren so schön, dass sie die Herzen aller Tiere berührten. Eines Tages kam der Zauberer und wollte die Vögel zum Schweigen bringen, weil er die Freude des Waldes nicht ertragen konnte. Nur vereinzelt konnten Vögel fliehen.«

»Zum Glück war es nicht der schimmernde Vogel, der mir dieses tolle, aufbauende Lied sang«, dachte sich Lucky. »Wir sollten die Lieder der Vögel in unseren Herzen tragen«, sprach Klausi weiter, »sie erinnern uns daran, dass wir niemals aufgeben dürfen.«

Die Geschichte der mutigen Füchsin und der Menschenfamilie

Nun erzählte Dyck eine Geschichte:

»Lucky, sie handelt von deiner besten Freundin Talia. Eines Tages, während Talia durch den Wald streifte, bemerkte sie, dass sich eine Menschenfamilie leise in der Nähe ihres Baus niedergelassen hatte. Neugier und Besorgnis überkamen sie, denn sie wusste, dass Menschen oft nicht wie die Tiere des Waldes dachten und handelten.«

»Die Menschen hatten ein großes Zelt aufgeschlagen und schienen die Natur genießen zu wollen. Talia beobachtete sie aus einer sicheren Entfernung, aber sie bemerkte, dass die Familie Schwierigkeiten hatte, sich im Wald zurechtzufinden. Die Kinder waren aufgeregt und rannten umher, während die Erwachsenen versuchten, ein Feuer zu machen und etwas zu essen zu finden.«

»Eines Abends, als die Dämmerung hereinbrach und die Familie um ihr Feuer saß, hörte Talia ein leises Weinen. Ein kleines Kind war leider von der Gruppe weggelaufen und hatte sich im Dickicht verfangen. Talia fühlte, dass sie helfen musste, aber sie wusste, dass die Menschen sie nicht verstehen würden. Dennoch konnte sie nicht einfach zusehen.

Mit einem mutigen Herzen schlich Talia näher und versuchte, das Kind zu erreichen. Sie schnüffelte an dem kleinen Jungen, der Angst hatte, und versuchte, ihn zu beruhigen. »*Keine Angst, ich bin hier, um dir zu helfen*«, flüsterte sie in Gedanken, obgleich die Worte nicht aus ihrem Mund kamen.«

»Das Kind schaute auf und war zunächst überrascht, eine Füchsin so nah zu sehen. Talia machte einige sanfte Bewegungen und versuchte, das Kind zu ermutigen, ihr zu folgen. Doch der Junge, von Angst und Unsicherheit überwältigt, rief nach seinen Eltern. Talia wusste, dass sie schnell handeln musste.

Um die Aufmerksamkeit der Erwachsenen zu erlangen, sprang Talia auf einen nahegelegenen Stein und begann, mit ihrem Schwanz zu wedeln und zu hopsen. Die Menschen schauten verwirrt, aber schließlich bemerkten sie die Füchsin und folgten ihrem Blick zum Kind. Die Mutter des Jungen rief: »*Schau! Die Füchsin will uns was mitteilen!*« Die Familie folgte Talia, die sanft in die Richtung führte, in der sich das Kind befand. Schließlich erreichten sie das Gebüsch, und die Eltern konnten ihren Sohn sicher in die Arme schließen. *»Danke, kleine Füchsin!«*, rief der Vater voller Erleichterung. Talia freute sich, dass sie helfen konnte, auch wenn sie nicht die Sprache der Menschen sprach.«

»Die Familie setzte sich um das Feuer und Talia beschloss, noch in der Nähe zu bleiben und sie gewährten es ihr in tiefer Dankbarkeit. Sie beobachtete, wie die Menschen Geschichten erzählten und lachten. Obwohl sie nicht verstehen konnte, was sie sagten, spürte Talia die Freude und die Wärme der Gemeinschaft. Sie fühlte sich ein wenig einsam, denn sie wusste, dass sie nicht wirklich zu ihnen gehörte.

In dieser Nacht, als die Sterne am Himmel funkelten, hatte Talia eine Idee. Sie wollte den Menschen zeigen, dass trotz der Unterschiede in der Sprache und den Traditionen eine Verbindung zwischen ihnen bestehen konnte. Am nächsten Morgen schlich sie sich näher an das Zelt und begann, kleine Geschenke zu bringen. Sie fand bunte Blätter, schöne Steine und sogar einige glänzende Muscheln, die sie vor der Menschenfamilie ablegte.

Die Kinder entdeckten die Geschenke und waren begeistert. *»Schau mal, was die Füchsin gebracht hat!«*, rief eines der Kinder. Die Mutter lächelte und sagte: *»Es scheint, als ob sie uns zeigen möchte, dass sie unsere Freundin sein will.«* Die Familie begann, Talia zu beobachten und sie versuchten, mit ihr zu kommunizieren. Talia spürte die Freundlichkeit der Menschen und trat mutig noch näher. Sie begann, liebevoll zu tänzeln und ihren Kopf zu neigen, um zu zeigen, dass auch sie freundlich war. Die Kinder lachten und versuchten, Talia mit Leckerbissen zu füttern. Diese erkannte, dass trotz der Sprachbarriere eine neue Freundschaft zwischen ihr und der liebevollen Menschenfamilie entstehen konnte.

 Im Laufe der Tage verbrachte Talia immer mehr Zeit mit der Familie. Sie erlebten Abenteuer im Wald, spielten Spiele und lernten voneinander. Talia zeigte den Kindern, wo die besten Beeren und die verstecktesten Plätze im Wald waren, während dic Kinder ihr Geschichten aus dessen Heimat erzählten. Auch wenn sie nicht die gleiche Sprache sprachen, verstanden sie sich auf eine andere, tiefere Weise. Die Menschenfamilie war dankbar für die Freundschaft der Füchsin, und Talia wusste, dass sie trotz ihrer Unterschiede eine besondere Verbindung geschaffen hatten. Sie hatte den Mut gehabt, sich den Menschen zu nähern und dadurch eine neue Welt voller Freundschaft und Abenteuer entdeckt.«

»Und so lebten Talia und die Menschenfamilie bis zu dessen Abreise im Einklang miteinander. Sie lernten, dass Kommunikation nicht nur durch Worte geschieht und dass Mut oft der Schlüssel ist, um Brücken zwischen verschiedenen Welten zu bauen. Gemeinsam schrieben sie ihre eigene Geschichte der Freundschaft, die für immer im Herzen des Waldes und der Familie lebte.«

Der letzte Teil des Weges

Als sie weitergingen, erzählten sie ununterbrochen weitere Geschichten über die Tiere des Waldes. Jede Geschichte war ein Lichtstrahl, der die Dunkelheit um sie herum erhellte. Lucky fühlte sich gestärkt, als die Erinnerungen der Tiere in ihm lebendig wurden.

Schließlich erreichten sie einen steilen Hügel, der die Aussicht auf die Festung des Zauberers bot. »Dort in der Ferne ist sie«, sagte Finn und deutete auf den düsteren Schatten, der sich gegen den Abendhimmel abhob. »Wir sind fast da.«
 Die Gruppe hielt an, um einen Moment innezuhalten und die Geschichten, die sie gehört hatten, in ihren Herzen zu verankern. »Lasst uns an die Kraft der Gemeinschaft denken und die Erinnerungen der Tiere nutzen, um den Zauberer zu besiegen«, sagte Klausi zielstrebig.
 »Gemeinsam sind wir stark«, fügte Dyck hinzu.
 »Lasst uns die Finsternis mit dem Licht der Hoffnung vertreiben.«

Mit neuer Beherztheit machten sie sich auf den letzten Teil ihres Weges zur Festung des Zauberers, bereit, sich der Dunkelheit zu stellen und Talia sowie alle anderen Tiere zu retten.

Da traf Lucky erneut auf den altbekannten, schillernden Vogel, dessen Gesang die Luft mit Melodien erfüllte, die wie Sonnenstrahlen durch die Bäume fielen. Der Vogel, mit seinen leuchtenden Farben, blickte auf die Freunde und sprach mit einer Stimme, die wie eine sanfte Brise klang: »Ihr seid auf dem richtigen Weg.«

Mit einem Seufzer, der die Schwere seiner Gedanken trug, antwortete Lucky: »Warum hast du mich nicht vor der großen Gefahr gewarnt? Talia ist jetzt verschwunden, und ich fühle, wie viel ich bereits verloren habe. Wir müssen jetzt alles daran setzen, sie nun wieder zurückzubringen.«

Der Vogel, berührt von Luckys Schmerz, begann zu singen und seine Stimme schwebte durch den Wald wie ein sanfter Wind:

»Jeder Weg hat seinen Sinn,
Vertraue deinem Pfad,

Die Sterne leuchten hell für dich,
Auch wenn die Nacht dich plagt.

Du wirst sehen, du wirst lernen,
Aus den Tiefen, die du kennst,
Können Wunder sich entfalten,
Die Hoffnung uns ergänzt.

Das Leben ist ein Fluss,
Mit Strömungen und Wind,
Doch in jedem Sturm liegt das Licht,
Das neu beginnt.

Die Höhen und die Tiefen,
Sie tanzen Hand in Hand,
Aus der Dunkelheit geboren,
Wächst das Leben, wie ein Band.«

Der Vogel sah sanft zu Lucky, seine Augen voller Weisheit und Mitgefühl.

»Ich fliege jetzt meines Weges«, sang er noch einmal, während er seine Flügel ausbreitete und sich in die Lüfte erhob, ein leuchtender Punkt, der in den weiten Himmel entschwand.

So setzten sie ihren Weg fort und näherten sich dem grauenvollen Ort, der wie eine Düsternis über dem Wald schwebte. Während sie weitergingen, kreisten Luckys Gedanken um die Worte des Vogels, die wie ein sanfter Wind in seinem Geist verweilten.

»Weißt du«, begann Klausi, »wir können die Dinge selbst in die Hand nehmen. Wir sind auf dem richtigen Weg.«

»Aber was, wenn sie nicht entführt wurde und wirklich nicht mehr hier ist?«, fragte Lucky, die Sorge in seiner Stimme deutlich hörbar.

»Dann lass all deine Gefühle raus. Schreie laut, wenn die Wut in dir aufsteigt, oder weine, wenn die Traurigkeit dich übermannt. Doch akzeptiere es, wenn die Zeit gekommen ist, so schwer es auch sein mag, und lasse anschließend los«, erwiderte Klausi mit einer ruhigen Entschlossenheit. »Denn nur so bleibt dein Herz offen für das Neue und Schöne, das noch kommen kann.«

In diesem Moment spürte Lucky, wie die Worte ihn ermutigten und ihm die Kraft gaben, weiterzugehen.

»Ich habe eine geniale Idee!«, rief Klausi voller Begeisterung, »Fridol, flieg alle Ecken des Waldes ab, um herauszufinden, wo noch mehr Tiere sind. Du sagst ihnen, sie sollen zu uns kommen. Wir brauchen die Kraft der Erinnerungen aller Tiere!« Fridol flog energisch los. Derweil besprachen die anderen den Plan, wie sie die Festung des Zauberers durchdringen können.

»Einfach wird es nicht werden«, sagte Dyck in einem unsicheren Unterton.

Finn erwiderte: »Nein sicher nicht. Aber wir bekommen es hin. Die Ruhe und Tapferkeit dürfen wir nicht verlieren. Der Mut kommt nachher in der Gruppe von ganz alleine. Behalte das Ziel vor deinen Augen. Stell dir die schöne unbeschwerte Zeit vor, die wir dann endlich wieder haben.«

Bisher wurde es nur einmal kurz angeschnitten, es war bis jetzt einfach nicht der Raum da, um über ihre Gefühle zu sprechen. Die vergangene Zeit war für die Beiden nicht leicht. Doch umso wichtiger ihre innere Sicherheit und ihr Mut für den Kampf wurde, umso mehr mussten sie sich ihren Gefühlen stellen. Lucky und Klausi lauschten still dem Gespräch. Es war eine wohlwollende Atmosphäre. Dyck fiel es sehr schwer, über seinen Verlust zu sprechen. Doch er hörte nicht auf und gab sich dem Gespräch hin. Sie halfen sich gegenseitig.

»Es geht ihnen ja wie mir«, dachte sich Lucky, *»ich bin nicht alleine mit meinem Schmerz. Sie wissen genau, wie ich mich fühle. Und trotzdem sind wir alle so weit gekommen, weil immer noch jederzeit alles gut werden kann und wir den Glauben daran nicht aufgeben.«*

Im Hintergrund tanzten sanft die Schneeflocken, ein zartes Schauspiel der Stille. Die Welt war in einen weißen Schleier gehüllt, und die Zeit schien für einen Moment stillzustehen. Eine friedliche Ruhe erfüllte die Luft, während die Landschaft in sanften, schimmernden Tönen erstrahlte. »Wer weiß, vielleicht kommt unsere Familie wieder, wenn wir es geschafft haben«, sagte Finn. »Ja du hast Recht. Wie schön es doch wäre, meine Tilda und die Mädchen wieder an meiner Seite zu wissen«, erwiderte Dyck mit neu gewonnener Zuversicht. »Auch ich stelle mir vor, wieder mit meiner kleinen Bande umherzuziehen«, antwortete Finn abschließend.

Während Lucky in Gedanken verweilte, trudelten

langsam alle übrig gebliebenen Tiere des Waldes ein. Ein zauberhaftes Bild des Zusammenhalts entfaltete sich. Jeder wollte mitwirken und seinen Teil dazu beitragen. Sie alle haben jemanden verloren und tragen ein schweres Schicksal mit sich. Doch dem wollten sie sich nicht länger tatenlos hingeben. Sie waren fest entschlossen, ihr Schicksal in die eigene Hand zu nehmen. Klausi fing an ihnen zu erklären, wie sie den bösen Zauberer bezwingen könnten. Auf dem letzten Weg zur Festung erzählten sie sich alle Geschichten des Waldes. Das war ein Durcheinander. Aber es war wichtig, jeder von ihnen brauchte eine Erinnerung.

Kampf der Erinnerungen

Die Nacht brach herein. Als sie die Festung des Zauberers erreichten, hielten sie am Rand des Waldes an. Die massive Struktur ragte vor ihnen auf, ein düsteres Bauwerk aus schwarzem Stein, umgeben von einer schimmernden, unheimlichen Aura. Die Wände erhielten ihre Standfestigkeit durch alte Runen, die in der Dämmerung stark leuchteten und die finstere Magie des Zauberers widerspiegelten. Sobald man diese berührte, explodierten sie und derjenige würde es nicht überleben. Dieses Wissen darüber gab ihnen noch der alte Wächter mit auf den Weg. Vor der dem Eingang der Festung standen vier Wachen.

»Wir müssen vorsichtig sein«, flüsterte Klausi, während er sich umblickte. »Der Zauberer ist listig und hat auch hier Fallen aufgestellt, um Eindringlinge abzuwehren.«

Fridol, der über ihnen schwebte, spitzte die Ohren und suchte den Bereich ab.

»Ich habe gehört, dass er Fallen mit Illusionen einsetzt, die die Sinne verwirren. Manchmal sieht man Dinge, die nicht da sind, oder hört Geräusche, die einen ablenken sollen. Es ist leicht, den Verstand zu verlieren, wenn man nicht aufpasst.«

»Und es gibt auch physische Fallen«, fügte Dyck hinzu.

Lucky sah zu der Festung auf, seine Entschlossenheit wuchs weiter. »Wir haben die Tränen der Hoffnung und die Geschichten der Tiere. Wir können diese Dunkelheit besiegen, wenn wir zusammenhalten.«

»Wir setzen unseren Plan um und nicht vergessen, glaubt an euch! Los geht`s!«, sagte Klausi.

Die Tiere stellten sich langsam in einem großen Kreis um die gewaltige Festung. Es war bereits dunkel, somit konnten die Wachen nicht erahnen, was da vor sich ging.

Klausi nahm seine einst gesammelten Beeren aus seinen beiden großen Manteltaschen und sprach flüsternd einen Zauberspruch:

»Beeren, die in meinen Händen blühen,
Verhundertfachet euch, lasst es geschehen!
Von einem kleinen, süßen Kern,
Werde ich euch wandeln, fern und gern.

In funkelndes Pulver, so fein und rein,

Schützet die Tiere, lasst niemanden hinein!

Mit diesem Zauber, stark und weise,

Schafft einen Wall, für meine mutigen Freunde!!«

Anschließend streute Klausi das Pulver vor den Pfoten der Tiere. Eine energetische Mauer in Form einer Halbkugel tat sich vor ihnen auf. Die Wachen konnten nun nicht mehr die Festung verlassen und den Tieren etwas anhaben. Einigen Bären gab Klausi zuvor noch seine gesammelten Steine. Diese sollten sie nun weit von sich, aber hörbar, in die umliegenden Gebüsche werfen, um die Wachen abzulenken. Schon setzten sie seine Anweisung um und tatsächlich, es funktionierte. Sie verließen ihren Posten. Es war stockfinster und nicht so leicht, etwas zu sehen.

Die Freunde näherten sich nun dem Eingang der Festung, der von einer großen, verzierten Tür flankiert war. Finn trat vor und schnüffelte vorsichtig. »Es riecht nach Magie und Gefahr«, sagte er. »Seid bereit!«

Klausi führte die Gruppe an, seine Sinne geschärft. Der Eingang war von einer schimmernden

126

Barriere umgeben, die wie ein Wasserfall aus purpurfarbenem Licht wirkte. »Das ist so eine Illusion, von der wir sprachen«, erklärte Klausi. »Wir müssen den richtigen Weg finden, um hindurchzukommen. Ich kann versuchen, die Magie zu durchdringen«, sagte Klausi und konzentrierte sich auf die Tränen der Hoffnung. Er schloss die Augen und ließ sich von der Energie leiten. Als er die Tränen auf die Barriere tröpfelte, begann sie zu pulsieren und sich zu einer Brücke zu verformen. Ein Lichtstrahl schoss durch die Barriere, und der Eingang öffnete sich mit einem tiefen, dröhnenden Geräusch.

»Es funktioniert!«, rief Dyck, während sie hastig durch den Eingang schlüpften. Drinnen war die Festung noch düsterer, als sie es sich vorgestellt hatten. Die Wände waren kalt und feucht und die Luft war schwer von einer unheilvollen Präsenz.

Kaum waren sie eingetreten, hörten sie ein Flüstern, das durch die Gänge schwebte, mit einem einladenden Klang: »Folgt mir, folgt mir. Ich erfülle eure Wünsche.« Lucky spürte, wie sein Herz schneller schlug.

»Das ist wieder eine Illusion«, warnte Finn.

»Lasst euch nicht von der Stimme ablenken.«

Plötzlich hörten sie ein Knistern und leises Zischen.

Lucky sah sich um und bemerkte, dass der Boden vor ihnen zu vibrieren begann. »Achtung!«, rief er und sprang zur Seite, während spitze Pfeile aus dem Boden schossen und den Platz durchbohrten, wo sie gerade standen.

»Das sind die Fallen des Zauberers!«, rief Dyck und hüpfte so hoch er konnte. Und auch Finn und Klausi waren sehr vorsichtig. Trotzdem wurde es einmal sehr knapp, aber Dyck konnte mit einem Sprung gerade noch von Finn das Bein retten.

Die Gruppe bewegte sich vorsichtig weiter. Plötzlich sahen sie ein großes schwarzes Etwas vor sich, mit rot glühenden Augen. Nach einem großen Schrecken sagte Klausi: »Das ist eine Fata Morgana. Es ist nicht echt. Schließt die Augen und denkt ganz fest an eine Erinnerung.« Nachdem sie die Augen wieder öffneten, war der Spuk vorbei.

Sie passierten einen Gang, der mit Netzen gesäumt war, die darauf warteten, die Unachtsamen zu fangen. Anfangs ging alles gut, aber Lucky war nur eine Sekunde nicht aufmerksam und schon hatte ihn das Netz erwischt. »Oh nein«, rief Finn, »das darf nicht wahr sein!« »Bitte holt mich raus, bitte!«, Lucky geriet in Panik. Klausi fing wie einst an, ein beruhigendes Lied zu singen, welches ihm schon einmal geholfen hatte. Dabei löste er zielgerichtet und so schnell es ging, die Knoten auf.

Währenddessen tat sich außerhalb der Festung ein schockierendes Schauspiel auf. Nachdem die Wachen nicht weiterkamen, holten sie ihre Taschenlampen und beleuchteten die Umgebung, um herauszufinden, was passiert war. So entdeckten sie die unschuldigen Tiere, welche immer noch nah beisammen im Kreis um die Festung standen. Sie nahmen ihre Gewehre und fingen an, auf diese zu schießen, unwissend, dass um ihnen eine Energiemauer errichtet war. Somit prallte jede einzelne Kugel zurück. Ein paar dieser trafen die Wachen unvermittelt. Jene fielen zu Boden und schrien vor Schmerzen.

An dieser Stelle könnte man Mitleid mit ihnen haben, doch die Wachen wurden mit ihren eigenen Waffen besiegt. Der Wald und die Natur mussten beschützt werden.

Lucky und seine Freunde waren mittlerweile schon weit gekommen, doch die Runen wurden immer mehr zur Gefahr. Sie hielten einen Augenblick inne und Klausi beschloss, dass es Zeit für einen weiteren Elfenzauber war. Er schloss seine Augen und sprach einen Zauber, um die Runen zu entschärfen:

»Luminae Obscura, Rune des Friedens,
Eure Macht sei gebrochen, euer Licht verflossen.
Mit sanftem Hauch und reinem Willen,
Entferne die Gefahren, lass die Herzen stillen.

Die Schatten weichen, die Dunkelheit schwindet,
In diesem Licht, das die Seele verbindet.
Ruhe kehre ein, in Stein und Wand,
Die Kraft der Runen, in Sicherheit gebannt.«

Die Wände begannen zu vibrieren. Anschließend leuchteten sie hell auf und dann wurden sie dunkel. Nachdem die Runen erloschen waren, bemerkte der Zauberer, dass etwas nicht stimmte.

»Was ist hier los? Wo sind meine Wachen?«, rief er, so laut er nur konnte. Er schwebte durch seine

Festung in Eile nach draußen und sah wenig später seine Wachen liegend auf dem Boden. »Nein! Wer war das?« Sofort machte er sich zurück auf den Weg, um sein Liebstes zu holen.

Derweil ging die Gruppe weiter und erreichte schließlich einen großen purpurfarbenen Raum. Er war von einer unheimlichen Finsternis erfüllt. In der Mitte des Raumes stand ein massiver Baumstamm, der in seiner Breite beeindruckte. Auf diesem lag platziert ein Kaleidoskop, was atemberaubend schön aussah. Wenn man es vor seine Augen hielt und hineinblickte, konnte man etwas Trauriges, aber auch Magisches sehen: vergangene Herzen, Emotionen und Erinnerungen. Der böse Zauberer hielt sie darin fest und unbarmherzig gefangen.

Während die Gruppe es noch von Weitem bestaunte, erschlagen von der Schönheit, kam der Zauberer mit einem hastigen Schwung in den Raum, um sein Herzstück an sich zu nehmen. Er war erleichtert es noch vorgefunden zu haben.

Die Gruppe versteckte sich augenblicklich und so blieben sie unentdeckt.

Mit dem Kaleidoskop in seiner Hand, wollte er so

schnell wie möglich die Festung verlassen. Er wusste, nur jemand mit Magie konnte die Runen außer Gefecht setzen und er war unsicher, dieser Magie gewachsen zu sein.

»Wir müssen was tun«, sagte Lucky aufgeregt, aber noch flüsternd. »Meine Mütze«, fiel Klausi ein. Er griff zur Seite und zog die Mütze vor, um sie anschließend aufzusetzen. Sein Körper begann sich in die Umgebung einzufügen, bis er vollständig unsichtbar wurde. »Haltet euch bereit«, sagte er und rannte, so schnell es nur ging, durch die Dunkelheit des Raumes. Lucky, sowie die anderen, hinterher. Sie hatten den Zauberer eingeholt, und was dann geschah, war einfach magisch! Klausi nahm eine Fackel, welche überall an den Wänden platziert waren. Mit dieser rannte er vor den Zauberer, stehend auf Luckys Rücken.

Der Zauberer war sichtlich verwirrt, denn er sah nur Lucky und die Fackel, jedoch Klausi nicht. Anschließend sprang Klausi so hoch und kräftig er nur konnte gegen den Zauberer.

»Wer wagt es?«, sagte der Zauberer mit tiefem Groll, während das Kaleidoskop aus seinen gierigen Händen glitt. »Jetzt!«, rief Klausi zu Lucky.

Dieser fing das Kaleidoskop mit seiner Schnauze und sofort leuchtete es in strahlenden Farben auf. Die Luft um ihn herum fühlte sich zwar schwer an, doch eine Energiewelle schoss durch Lucky.

»Halt!«, schrie der Zauberer, seine Augen funkelten vor Wut, und hob seine Hände. Dunkle Schatten schossen auf Lucky zu, und er spürte die Kälte der Angst, die in ihm aufstieg. Doch im selben Moment erinnerte er sich an die Geschichten der Tiere, an den Mut und die Hoffnung, die sie ihm gegeben hatten.

»Du wirst uns nicht aufhalten!«, rief Klausi laut, während Lucky das Kaleidoskop zwischen seinen Zähnen festhielt. Ein weiterer Lichtstrahl schoss aus dem Kaleidoskop und durchbrach die Dunkelheit, die der Zauberer um sich gewoben hatte. Der Zauberer keuchte und wich zurück, während die Wellen der Energie ihn trafen.

»Was? Das kann nicht sein!«, brüllte der boshafte Zauberer und versuchte, seine Macht erneut zurückzugewinnen. »Ihr seid nichts!«

Anschließend begann er, Blitze und Funken um sich herum zu schleudern. In Lucky wollte wieder alles hochkommen, mit seiner Vergangenheit und die ähnliche Situation mit Talia. *»Nein, stopp!«*, rief er laut zu sich. *»Diesmal nicht. Ich werde nicht wieder starr vor Angst. Jetzt sind wir in einer Gruppe und halten zusammen. Alle verlassen sich auf mich. Ich gebe jetzt nicht auf!«* Das Wissen der Gemeinschaft gab Lucky nun eine enorme innere Stärke.

Doch dann: »Pass auf!«, sagte Finn laut zu Dyck. Noch ehe dieser sich versah, wurde er von einem dieser Blitze getroffen. Er flog gegen eine Wand und landete anschließend auf dem Boden. Klausi bemerkte es. Er drehte sich um und lief zurück. Derweil rannten Finn und Lucky weiter.

Sie hatten keine andere Wahl, sie mussten das Kaleidoskop in Sicherheit bringen.

Klausi hatte noch etwas von seinen Beeren und den Tränen der Hoffnung übrig und wandte diese starke Mischung mit seinem Zauber an:

»Beeren des Lebens, Tränen der Kraft,
Heile das Herz, das der Blitz zerbrach.
Mit Hoffnung in Tropfen, so rein und klar,

Erwecke den Hasen, er wird wieder wahr.
Aus Schatten und Dunkelheit, bring Licht zurück,
Mit diesem Zauber, sei er wieder im Glück!«

Die Zutaten waren großartig! Der Zauber hatte sofort gewirkt und Dyck war wieder lebendig – einfach fantastisch! Noch ehe Klausi sich versah, stand Dyck wieder und rannte los, als wäre nichts geschehen. Natürlich bedankte er sich noch innig bei Klausi. Doch die Zeit verging und sie mussten weiter.

In ihrer Hast blieb Klausi seine Mütze an einer aus der Wand rausragenden Kette hängen. Da sie in Eile waren, hatte er keine andere Wahl, als sie dort zu belassen. Somit war er wieder sichtbar.

Währenddessen stellten Lucky und Finn dem Zauberer, welcher ihnen zielgerichtet folgte, am Ausgang eine Falle.

Wie gut, dass sie so schnell waren, viel schneller als das Böse es je sein könnte!

Und dann passierte das Unglaubliche: Kaum tauchte der Zauberer auf, sprang Finn mit seinen starken Beinen auf ein altes umliegendes Brett, welches mit voller Wucht auf den Zauberer zuflog!

Dieser war anschließend benebelt. Lucky hielt weiterhin das Kaleidoskop, so fest es ging, in seiner Schnauze. So langsam traf auch der Rest der Gruppe ein. Der Zauberer war immer noch von Sinnen, was für alle anderen ein absoluter Vorteil war.

Klausi sprach so laut er konnte zu allen Tieren um die Festung: »Jetzt ist der richtige Zeitpunkt gekommen! Sprecht laut eure Erinnerungen aus!«

Ein gewaltiger Lichtstrahl brach aus dem alten Kaleidoskop hervor und traf den Zauberer direkt in der Brust. Mit einer letzten, verzweifelten Anstrengung versuchte der Zauberer, seine Macht zu bündeln, aber die Welle der Erinnerungen und der vereinten Kraft der Tiere war zu stark. Bilder von Freude, Freiheit und Freundschaft umgaben ihn wie ein Sturm, und jede Erinnerung war wie ein Lichtstrahl, der die Düsternis durchbrach.

»Was ist hier eigentlich los?«, stammelte der Zauberer, seine Stimme zitterte vor Schock. »Ich kann das nicht fassen!«

In diesem Moment begannen die Erinnerungen, sich zu entfalten. Lucky sah vor seinem inneren

Auge die Szenen lebendig werden: das Lachen der Tiere, die in der warmen Sonne spielten; die alten Bäume, die Geschichten von Mut und Zusammenhalt flüsterten und die sanften Melodien der Vögel, die den Wald mit Freude erfüllten. Jede Erinnerung war ein leuchtendes Fragment, das die Finsternis um den Zauberer herum aufbrach.

»Seht, wie die Freude zurückkehrt!«, rief Lucky und hob das Kaleidoskop höher. »Wir sind die Hüter des Waldes, und wir werden nicht zulassen, dass du unsere Erinnerungen raubst!«

Die Bilder um ihn herum wurden lebendig. Jeder Moment, jede Geschichte, die sie geteilt hatten, war ein Lichtstrahl, der die Düsterheit durchbrach.

»Ihr seid nichts!«, schrie wieder der Zauberer, als die Erinnerungen ihn überrollten. »Ich bin der Meister der Dunkelheit!«

Aber die Erinnerungen waren zu stark. Sie waren die Essenz des Lebens im Wald, die Liebe und das Licht, die die Dunkelheit vertreiben konnten. Lucky spürte die Kraft und den Mut des Kaleidoskops, während er sich den Erinnerungen der Tiere hingab.

»Fühlst du es?«, rief Fridol, während er über ihm schwebte. »Die Stärke, die uns verbindet! Der Zauberer ist machtlos!«

Besagter Zauberer, von den Erinnerungen überwältigt, versuchte verzweifelt, sich zu wehren. Doch er wurde immer schwächer. Seine Farben schienen immer heller zu werden, aus Purpur wurde ein schwaches Rosa, bis er schließlich verblasste und nach einem gewaltigen feuerroten Lichtstrahl sich auflöste.

Die gesamte Festung begann einzustürzen, und die Gruppe stürmte Hals über Kopf durch den Ausgang.

»Wow! Seht euch das an!«, sagte Dyck erfreut.

»Wir haben es gemeinsam geschafft!«, rief Finn. Lucky sah auch sehr erstaunt zu. Der Zerfall war ohrenbetäubend.

Nachdem Ruhe eingekehrt war, bedankten sich anschließend die vier Freunde bei Klausi. Sie wussten, ohne seinen sagenhaften Elfenzauber hätten sie es nie schaffen können, dem bösen Zauberer nach so langer Zeit, während er weiter auf dem Vormarsch war, Einhalt zu gebieten. Mit den

Worten: »Das ist die Kraft des Waldes und des Zusammenhalts«, betonte er die unschätzbare Bedeutung der Gemeinschaft.

In der Ferne hörte Lucky ein leises, schwaches Geräusch. Ein kaum hörbares Wimmern, das aus den Schatten der zerfallenden Wände kam. Er übergab das Kaleidoskop Finn und tastete sich ganz aufgeregt langsam vor. Das Wimmern wurde lauter und Lucky erkannte die Stimme.

»Talia?«, rief Lucky, als er sich umdrehte, um zu sehen, ob er die Füchsin finden konnte.

»Hier!«, kam eine schwache Stimme aus den Trümmern. »Ich bin hier!«

Mit einem entschlossenen Schritt näherte sich Lucky dem Ursprung des Geräusches. Zwischen den zerbrochenen Steinen und dem verblassten Licht sah er Talia, die schwach und erschöpft war, aber lebendig. Ihre Augen leuchteten, als sie ihn sah. »Lucky!«

»Talia!«, rief Lucky, als er sich zu ihr hinunterbeugte und seine Schnauze sanft auf ihren Kopf legte. »Ich habe dich gefunden!« Die Freude, die in ihm aufstieg, war überwältigend.

Klausi bemerkte, wie es um ihn herum stiller wurde und sah zu Lucky. Sofort machte er sich auf den Weg. Dort angekommen musste er sich erstmal kurz sammeln. Dann nahm er Stein für Stein von Talias Körper herunter. Anschließend hob er sie hoch, trug sie aus den Trümmern und legte sie erst einmal vorsichtig in den Pulverschnee.

»Vielen, vielen Dank für deine Hilfe«, sagte Talia mit tief empfundener Dankbarkeit und Ehrfurcht.

»Das habe ich gerne gemacht. Ich bin wirklich froh, dass du keine weiteren Verletzungen hast«, erwiderte Klausi.

»Talia, ich habe dir ja so viel zu erzählen. Was ich alles erlebt habe!«, sagte Lucky aufgeregt.

Finn, Dyck und Fridol umringten sie, und die Freude über die Wiedervereinigung war groß.

»Wir haben den Zauberer besiegt und die Dunkelheit zurückgedrängt«, sagte Dyck stolz. »Gemeinsam sind wir stark.«

Finn übergab das Kaleidoskop nun Klausi, welcher es ruhig mit offenen, sanften Händen, entgegennahm. Als die selbigen das Kaleidoskop berührten, fing es in alle Himmelsrichtungen an zu strahlen – was für ein Augenblick. Diese Strahlen waren selbst aus weiter Entfernung noch sichtbar.

Kurz darauf dachte Klausi an die Worte des weisen Baumwächters. Er ging tief in sich und nahm die Energie der im Kreis stehenden Tiere in sich auf, für seinen Zauberspruch:

»Kaleidoskop der Herzen, so bunt und klar,
Die Zeit ist gekommen, der Zauber ist wahr.
Mit Mut und Erinnerungen, so stark wie der Wind,
Befreie die Seelen, die im Schatten sind.

Die Freude der Vögel, das Lachen der Rehe,
Die Liebe der Füchse, die sanfte Melodie der See.
Erinnert euch an die Geschichten,
An das Licht, das euch führt,
Lasst los eure Fessel, die Dunkelheit schürt.

Mit diesem Gesang, so rein und so hell,
Erwecke die Herzen, befreit sie schnell!
Kaleidoskop, öffne dich weit,
Bringe zurück, was verloren, die Zeit ist bereit!«

Überall wo die Strahlen die Finsternis erhellte, konnte man die schwache Kontur von etwas erkennen, das sich bewegte.

Es wurden immer mehr und die Verformungen intensiver. Die Spannung war förmlich greifbar. Als die Verwandlung abgeschlossen war, erkannte man Tiere. Aber auch Menschen waren dabei, welche nicht wussten, wie ihnen geschah. Sie waren verständlicherweise sehr verwirrt. Wer weiß, wie lange sie schon verzaubert waren.

In dem noch bestehenden Kreis der Tiere manifestierten sich plötzlich ihre verloren geglaubten Familienmitglieder und Freunde. Wow, war das toll! Auch Finn seine Frau und Kinder, von Dyck und Fridol sind nun auch alle wieder vereint. Es war wunderschön mit anzusehen. Jeder redete durcheinander, erfüllt von Freude. Der Kreis der Tiere löste sich langsam wieder auf. Ihre Mission war beendet und alle wollten nur noch zu ihren Liebsten.

Die gefangenen Herzen und Emotionen im Kaleidoskop waren jetzt alle frei. Die einst festgehaltenen bunten Farben leuchteten nun außerhalb gefüllt mit überwältigendem Leben.

Lucky und Klausi beobachteten das Geschehen.

»Schau Lucky, mit einem starken Zusammenhalt kann man jede noch so angsteinflößende Situation meistern.« Kaum hatte Klausi die Worte ausgesprochen, fing auch er an hell zu leuchten und seine Gestalt fing an sich zu verändern. Lucky war sichtlich beeindruckt und seine Augen wurden vor Staunen immer größer. Die Freunde der Reise bekamen dies mit und gesellten sich sofort dazu, trotz der Wiedervereinigung und der damit verbundenen Aufregung. Das Licht um Klausi herum wurde intensiver, und die Konturen seines Körpers verwischten sich, als ob er von einem inneren Licht durchdrungen wurde.

Die Freunde beobachteten fasziniert, wie sich die Züge von Klausis Gesicht verfeinerten. Die elfenhafte Gestalt, die ihn so lange begleitet hatte, verwandelte sich in etwas, das Lucky sofort als vertraut empfand. Es war kaum zu glauben und einfach nur fantastisch: Vor ihm stand der alte Knabe!

»Wie, was… Wo bin ich? Was ist hier los?«, sagte dieser verwundert.

»Herrchen, du bist es! Du bist es!«, rief Lucky voller Glück, wie noch nie zuvor.

In diesem Moment erfasste Lucky die Bedeutung ihrer Wiedervereinigung.

Es war nicht nur eine Rückkehr; es war eine Verschmelzung von Licht und Dunkelheit, von Hoffnung und Verlust. Er sprang vor Freude und schmiegte sich an seinem Herrchen. Der alte Knabe lachte: »Mein Junge, du tust ja, als hätten wir uns lange nicht gesehen.«

»Haben wir auch nicht. Ich dachte, ich hätte dich für immer verloren. Ich kann es immer noch nicht glauben, dich wieder bei mir zu haben!« Lucky war immer noch völlig hin und weg.

»Na dann hast du ja eine Menge zu erzählen. Moment mal, seit wann kann ich dich eigentlich verstehen?«, fragte der alte Knabe irritiert.

Luckys Freunde freuten sich mit ihm, wenn auch etwas Wehmut über den Abschied von Klausi lag.

»Das ist ein Geschenk«, sagte Dyck begeistert. »Bestimmt vom Zauber übriggeblieben.«

»Zauber, was für ein Zauber?«, aus der Verwunderung würde der alte Knabe heute nicht mehr herauskommen.

Es war einfach fantastisch. Der alte Knabe war die ganze Zeit an ihrer Seite, ohne dass es irgendeiner nur erahnen konnte. Wobei, Anzeichen gab es schon, wenn man genauer hinsah, nicht wahr?

Die letzte Reise

»Du musst auf das Kaleidoskop gut aufpassen«, sagte Dyck zu dem alten Knaben. »Ich habe einen guten Platz dafür in meiner Hütte«, entgegnete dieser ihm. Jetzt war die Zeit gekommen, dem alten Knaben Talia vorzustellen. Er sah sofort die schwere Erschöpfung in ihren Augen. »Heute ist ein komischer Tag. So gern ich ihn schnell hinter mich bringen und nach Hause möchte, wir werden die Nacht noch hier verweilen. Talia muss erst wieder zu Kräften kommen.«

Die Freunde verabschiedeten sich erstmal herzlich.

Der alte Knabe sammelte nun ein paar Stöcke, um ein Lagerfeuer zu entzünden, was Lucky von den Abenden zuvor schon kannte. Um dieses Feuer stapelte er einige Steine von den Trümmern, um sich eine Liegefläche auf dem Schnee zu errichten. Mit etwas Moos zusätzlich obendrauf würde es schon gehen.

Während der Suche nach geeigneten Steinen fand Lucky in den Trümmern die Elfenmütze wieder.

»Oh das ist ja toll. Schau Herrchen, bitte stecke die Mütze ein. Ich habe dir darüber eine Menge zu erzählen!«, sagte Lucky ganz aufgeregt.

Nachdem der Schlafplatz fertig war, legte sich Lucky mit strahlendem Herzen neben den alten Knaben. Dieser nahm Talia mit auf seinen Schoss, um ihr zusätzlich Wärme und Geborgenheit zu spenden, damit sie schnell wieder genesen konnte. Es dauerte nur einen kurzen Augenblick und sie fanden vor Erschöpfung schnell in den Schlaf.

Am nächsten Morgen, als die Sonnenstrahlen ihre Gesichter kitzelten, öffneten sie ihre Augen.

»Es geht mir schon viel besser«, erfreute sich Taila. Lucky konnte sein Glück immer noch nicht fassen und rief begeistert: »Das freut mich sehr, Talia!«

»Du Lucky, darf ich mit euch nach Hause? Ich möchte bei dir sein, sonst bin ich so allein. Leider habe ich keine Familie mehr«, seufzte sie.

»Das ist traurig, jeder braucht ein Zuhause«, erwiderte er. Der alte Knabe erfüllt mit einer Güte und großem Herzen: »Natürlich kannst du mit uns nach Hause kommen. Ihr beide versteht euch so gut, da muss ich dieser Bitte einfach nachkommen.«

Eine Freude entbrannte in der Luft. Beide machten Luftsprünge und rannten anschließend um die Wette. Der alte Knabe lachte: »Ach wie schön. Dann machen wir uns langsam auf dem Weg.« Lucky wollte gerade dem nächsten Sprung nachgehen, da lag vor ihm ein kleiner Stein. Es war einer der Steine, die Klausi für den Kampf gesammelt hatte. Er hob ihn mit der Schnauze auf und bat den alten Knaben, diesen ebenfalls mit nach Hause zu nehmen. So blieb ein kleiner Teil von der abenteuerlichen Reise mit Klausi immer bei ihm. »Nun geht`s aber los«, sagte der alte Knabe in freudiger Aufbruchsstimmung.

Der Weg würde ein paar Tage dauern, doch er war wunderschön. Er strahlte in neu entfachter Leichtigkeit. Ab und zu sah Fridol nach ihnen. Die Vögel sangen ihre Lieder, die Eichhörnchen sprangen lebhaft von Ast zu Ast, der Biber aß genüsslich Schnee, die Wildschweine suhlten sich wohlwollend und die Rehe rannten in Gruppen über die glänzende Schneelandschaft, während die Wölfe mit ihrem Nachwuchs aus ihren Verstecken traten. Das Leben erblühte wieder.

Lucky fühlte, wie die Freude ihn durchdrang.

Als sie nach ein paar Tagen den vertrauten Pfad in Richtung Luckys Zuhause erreichten, spürte er ein warmes Gefühl, das sich tief in seinem Herzen verankerte.

Für einen kurzen Moment setzte sich Lucky hin, um den Anblick in aller Ruhe genießen zu können.

Zu Hause

Die kleine Hütte wirkte im Licht der untergehenden Sonne einladend und vertraut.

Doch Lucky wusste, nur wenn er mit seinem Herrchen zusammen war, fühlte sich sein Zuhause auch nach Zuhause an.

»Da ist es!«, rief Lucky und sprintete voran, während Talia ihm folgte, ihr Herz voller Freude und Erleichterung.

»Es ist so schön«, flüsterte Talia, als sie die Hütte erreichten. »Ich hätte nie gedacht, dass ich jemals wieder hier sein würde«, entgegnete ihr Lucky, dabei sanft zu dem alten Knaben blickend.

Als die Tür der Hütte sich öffnete, strömte ein warmes Licht in den Raum, das die kühle Luft mit einem Hauch von Geborgenheit erfüllte. Der Duft von frischem Holz und Kräutern umarmte sie wie eine vertraute Decke.

»Willkommen zurück«, flüsterte die Hütte, als wäre sie ein lebendiges Wesen, das die drei Freunde in ihre Arme schloss. Lucky fühlte, wie die Anspannung der letzten Tage von ihm abfiel, als er sich in die warme Umarmung des Raumes fallen ließ.

Talia sah sich um, ihre Augen funkelten vor Staunen und Freude. »Einfach toll«, sagte sie, während sie die vertrauten Gegenstände liebevoll betrachtete, die Geschichten von gemeinsamen Abenteuern und unvergesslichen Momenten erzählten.

»Es fühlt sich an, als ob die Zeit stillgestanden hätte«, sagte der alte Knabe.

Lucky nickte und lächelte. »Hier ist es sicher. Hier können wir einfach sein.«

»Ich habe eine tolle Idee«, sagte der alte Knabe erfreulich. »Deine Freunde haben so viel für uns und den Wald getan, wir zeigen ihnen unsere Dankbarkeit. Wir sollten für sie ein Festmahl veranstalten.«

»Das klingt ja toll«, Lucky freute sich so, dass er hüpfend tanzte vor Aufregung.

»Lasst uns sicherstellen, dass wir alles haben, was wir brauchen«, sagte der alte Knabe entschlossen.

»Das ist eine großartige Idee«, stimmten Lucky und Talia zu, während sie sich freudig auf den Weg machten, um nach frischen Kräutern und leckeren Nahrungsmitteln zu suchen. Sie teilten ihr

Vorhaben dem vorbeifliegenden Fridol mit. Er flog sofort los, um Finn und Dyck Bescheid zu geben.

Nachdem sie kurze Zeit später wieder zurückkamen, machte der alte Knabe seinen Grill an.

Sie fanden Wurzeln, Knollen, Winterpilze und ein paar Nüsse hatte der alte Knabe sogar noch zu Hause. All das packte er auf den Grill. Was roch das gut.

Die Gäste waren derweil auch schon da und brachten ordentlichen Hunger mit. So saßen sie abends alle beieinander und feierten das Festmahl und die Erleichterung. Es war eine fröhliche und ausgelassene Stimmung. Die Kinder von Finn und Dyck spielten, sowie Talia und Lucky, die anderen redeten und lachten laut. Es war einfach schön mit anzusehen.

Später am Abend, als die Nacht hereinbrach, erfüllte das knisternde Feuer im Kamin die Hütte mit einem warmen, goldenen Licht. Lucky und Talia lagen eng beieinander, die anderen hatten sich mit der Zeit verabschiedet. Es war schon spät, und die Kleinen mussten schlafen gehen, was sie jedoch nicht im Geringsten störte, da sie den Tag so aufregend fanden.

Die Freude über all dem erfüllte Lucky sein Herz mit tiefster Dankbarkeit.

»Ich kann es kaum erwarten, alles zu hören«, sagte der alte Knabe mit einem Lächeln, während er sich in seinen bequemen Sessel setzte. »Was ist in der Zeit alles geschehen? Nur vage bleibt mir noch die Erinnerung, dass ich mich einst in die Stille des Schlafes gebettet habe.«

»Es ist eine lange Geschichte«, begann Lucky, seine Stimme war warm und voller Emotionen.

»Ich wurde wach und du warst fort. Ich fühlte mich verloren und allein, plötzlich hatte ich einfach vor allem Angst. Sowas kannte ich nicht, du hast mich ja immer beschützt. Aber ich wusste, dass ich nicht aufgeben konnte. Und ich hatte viele Begegnungen, die mir immer wieder Mut gaben. Ich habe einen alten weisen Baum getroffen, er fing mich auf in meiner schlechten Verfassung«, sagte Lucky. »Später hat er uns wieder geholfen. Er gab uns Ratschläge, wie wir den bösen Zauberer besiegen konnten.«

Der alte Knabe ganz erstaunt: »Was, einen bösen

Zauberer gibt es auch in eurer Geschichte?«

»Oh ja, aber dazu komme ich später«, entgegnete Lucky ihm. »Ich war verloren, aber habe nun verstanden, dass es immer Hoffnung gibt, solange man an sich und dem Guten glaubt.«

Dann erzählte er von dem schillernden Vogel und der schockierenden Entführung von Talia.

Sie war ganz aufgeregt und beide erzählten ihm lebendig mit allen vier Pfoten, pardon acht Pfoten, was alles geschehen war.

»Und dann traf ich Klausi, den Elf. Also eigentlich dich«, fuhr Lucky fort und lächelte den alten Knaben an. »Er half mir, die Geheimnisse des Waldes zu entdecken, die Stärke der Natur zu nutzen, meine Verletzung zu heilen, sowie mein Selbstbewusstsein mit der Mütze zu stärken.«

»Ach ja, die Mütze«, fiel dem alten Knaben ein und holte sie aus seiner Tasche. Lucky setzte diese auf und der alte Knabe war sichtlich erstaunt, wie Lucky nun unsichtbar wurde.

Einige Zeit später erzählte Lucky weiter von den Herausforderungen, die sie überwunden hatten, und von der Zeit, als sie sich den Illusionen des Zauberers stellen mussten. »Die Dunkelheit war stark, aber wir waren stärker. Wir haben uns gegenseitig unterstützt und sind fest zusammengewachsen.«

Der alte Knabe hörte gebannt zu, während Lucky von der entscheidenden Konfrontation mit dem Zauberer erzählte. »Als wir das Kaleidoskop der Erinnerungen fanden, spürte ich die Kraft aller Tiere in mir. Es war, als würde das Licht der Hoffnung die Düsterkeit vertreiben. Es war so aufregend und gleichzeitig so erschreckend. Ich kann es kaum glauben, dass wir all das durchgemacht haben.« Lucky erzählte noch ein wenig weiter, während die Nacht immer näher rückte.

Dann stand der alte Knabe auf, holte das Kaleidoskop raus und verstaute es liebevoll in seiner Truhe, die er anschließend verschloss. Es soll nie wieder in falsche Hände gelangen.

Die Nacht verging mit weiteren Geschichten ihres Abenteuers, und die Flammen des Feuers im Kamin tanzten sanft vor sich hin.

Gemeinsam waren sie bereit, die kommenden Tage zu begrüßen und die spannenden Geschichten des Waldes weiterzuschreiben.

Danke

Die Inspiration zu diesem Buch entspringt einem ganz besonderen Wesen: meinem Hund. Er kam vor einiger Zeit aus dem Tierheim in unser liebevolles Zuhause. Zu Beginn war er von Ängsten und Unsicherheiten geplagt und hatte eine kleine Verletzung. Das erste Jahr war wahrlich herausfordernd, und wir mussten einige Hürden überwinden. Doch mit Vertrauen, Zuversicht und Liebe haben wir es geschafft, den Weg einer unvergleichbar schönen Entwicklung zu gehen. Er hat mich gelehrt, niemals aufzugeben und all das Schöne, das auf unserem Weg liegt, zu erkennen und zu genießen – natürlich mit einer gehörigen Portion Spaß. Dafür danke ich ihm von Herzen.

Meiner geliebten Nicole Stöhr möchte ich an dieser Stelle meinen tiefsten Respekt zollen. Sie hat nicht nur meine kreativen Ausbrüche und nächtlichen Schreibanfälle mit stoischer Ruhe ertragen, sondern auch heldenhaft das helle Licht meiner

Schreibtischlampe über sich ergehen lassen, während sie eigentlich nur in Frieden fernsehen wollte. Danke, dass du meine künstlerische Freiheit so großzügig unterstützt hast – selbst wenn sie deine Augen beleidigt hat. Aber mal im Ernst: ihre kreativen Beiträge und ihr feines Gespür für Geschichten haben maßgeblich zur Entwicklung dieses Buches beigetragen. Ich danke ihr von Herzen, sie ist die Beste!

Ein riesiges Dankeschön auch an die fantastische Elise Eckert und meine wunderbare Mutti Ramona Bühner für das Korrekturlesen. Ohne eure Geduld und euren scharfen Blick wäre dieses Buch wahrscheinlich ein chaotisches Durcheinander geworden.